JN327347

豊《とよ》ママのセキララお気楽日記

豊田 令枝

SUNRISE

00 豊ママとブログ

01 豊ママ流　自分磨き

02 豊ママのお気楽ひとりごと

03 豊ママ　家事も頑張る！？

04 豊ママ・ファミリー泣き笑い

05 豊ママ　いちおし！グルメ

06 豊ママ闘病記

00

豊ママとブログ

ブログって！

ブログという意味も、サイト？　アップ？　カキコ？　URL?　トラックバック？　などの言葉一つ分からぬままに、パパから「ブログ書いてみたら？」と言われて勧められるままに始めたのですが、毎日一生懸命、写真撮ったり、文章考えたり、足したり削ったり、もう一度読み直して分かってもらえる文章にしたり…。

今ではパソコンに向かってる時間が長くなって、皆さんのブログ徘徊、そして、記事を書いて、チョコッと動き、そしてまた座り込む…。
またちょこっと動き、パソコンの前を通るときには新着ブログを読んで…。毎日そんな生活が続いてる…。

いったい、ブログを始める前は、
私はどんな生活をしてたんだろう？？？

今でも、一応ではありますが掃除も洗濯も、アイロンかけも、買い物も、ご飯つくりも、全部してるし…。
月曜日にはお稽古事も行ってるし、アチコチにお買い物にも行ってるし、電話がかかってきたら 30 分くらいしゃべってるし…。
今度催すイベントの準備もしてるし。

ある友達は「豊ママは一日 30 時間ぐらいあるような生活をしてるね！」と感心してくれるけど…。
起きてる時間は実質 17 時間ぐらい。
それでも、パパいわく「いつ見てもパソコンの前にいる…」
そんなことはありえないと思うけど…。

それにしても、ブログを始めるまでは一日中何してたんだろう？？
あーぁ、全く思い出せない…「何してたんだろう…」

小学生の頃から文章書くのは好きでしたし、文芸部などに入ってた「いわゆる文学少女」？？？？
だからペンが進んで進んで…。手紙を書いても気がつけば便箋５枚…なんて人ではありましたが、久しぶりに公に向けて、こんなに長い（！）文を書いて、とっても頭の体操になっています。私の老化防止にみなさんを付きあわせちゃって、ごめんなさいね…。

ただ、文章だけではちょっとねぇ…と写真も最初携帯で撮って、それを PC に送って、それを「マイピクチャー」に入れて、そこから引き出してたんですが、ある日の携帯の請求書を見て

「うひゃ～～～～～!!!」

もともとそんなに携帯電話を使う人ではなかったので、その差が天地をひっくりかえしそうな恐ろしいものだったものですから、急いで「デジカメ」を購入、（物入りです～～）それの使い方も必死で覚えて今に至っています。

しかも、ブログに私のお気に入りを載せたいと思って好物などの記事にはやはり写真も…と考えると買ってこなくちゃいけないでしょ？？（これも物入りと言えば物入り、大した額ではありませんが、ちりも積もればなんとやら …）
そして、買ってきたからには、食べるでしょ？？
そうすれば、太るのよね…。

でも、私のお気に入りを皆さんに紹介できる歓びは大きいし、それに共感して、買いに走ってくださったコメントや記事を読むと、とってもうれしいから、これからも美味しい物をご紹介できたらいいな…と思っています。

ブログのネタを考えたり探したりすることは、今までにない「まわりを良く見る」ことが必要で、気付かなかったことにも目がいくようになりました。いろいろ考えるしね。

世の中見まわすと、とっても面白い😜!!

他にも毎日早朝から真夜中まで、このブログには今まで知り得なかったことがあちこちから次々と送られてきて、皆さんの記事を読ませていただいて、本当にあらゆる範囲、あらゆることの情報を得ています。

そして、今まで知りえなかったいろんな職業の方々の日々を思うとき、毎日育児に頑張ってらっしゃる方々の大変さを懐かしく思い、いろんなことで苦しんでらっしゃる方の一日でも穏やかな日が来ることを願い、そして、楽しい話題に微笑んで…。

ここには皆さんの心の動き、うれしいこと、楽しいこと、悲しいこと、つらいこと、しんどいこと、頭に来たこと、…毎日綴られています。
この場所は多くの人々の気持ちがいっぱい詰まっているものだといつも思っています。
しかも、底にながれているものが、とっても温かいです。
皆さんの優しさ♥が実感できるブログです。

「たかがブログ」と思ってたり、言ってたりする人もいるかもしれません…。

でも、私にとっては**「されどブログ」**

私はこの世界をとっても大切に感じています。
今まで何も知らなかったブログというこの世界は、たいしたもんだと思っています。

「本当に面白いし素晴らしいなぁ。ありがとう♥！！！！」

ひとえに、皆様のありがたい気持ちを忘れず、これからもキーを叩きまくるつもりでおります…。
…ちょっと覚悟お願い致します…

それにしても…ごめんね、長くって、読みづらくって…。

01

豊ママ流　自分磨き

やせるコツ

世の中チラチラと観察しながら見渡し、ツラツラと夜も寝ずに研究して、早50年近く、非常に独断と偏見に満ちあふれてはいるかもしれませんが、この場をお借りして**「やせるコツ」**を発表いたしたいと思います。順不同です。
…但し、わたくしの中に潜むチャチャ丸姫が、しじゅうチャチャを入れますことをお許しくださいますよう、お願い申し上げます。

やせるためには**「運動すればよい」**とか**「食べなければよい」**とか、そういうことでは駄目駄目！
食べる量く運動に使うエネルギー…これも非常に当たり前。
やせたいひとは、**もっと生活に即したこと**を求めているのです。

①食事時間だということで…

お腹が減っていなければ食べない。

お腹がすくまで食べなくて良い。単に**「癖」**になっているだけ。
…そのほうが食べたときに歓びを噛み締めながら食べることができる。…何事もしっかり噛み締めることが大切。
ただ、お腹がすき過ぎて、餓鬼のように食べる可能性はあるが、そこは**自制心**という大人のみがもっている大切な何かで抑えること。
(…チャチャ丸姫「それがあったら苦労しないよ！」)

②食事は「滋賀県人」の持っている「もったいない」精神をかなぐり捨てて、

残す。あるいは捨てる。

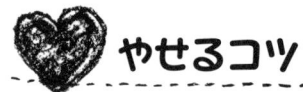

子供の残り物まで食べるのは、主婦、母として、尊敬に値するが、女性としては若い人達からバカにされる可能性がある。
残ったものを「食べた」と思って捨てることはすばらしい生きる知恵である。
自分のお腹に入れることは捨てることと最終的にはほとんど同じである。

③早食いしない。

何時間もかけて作られた食事を10分ほどで平らげるのは、料理人に対してまことに失礼。（ありえないことだが）口に食べ物が飛び込んでいく、とのたまう人はお箸で食べ物をはさんで食べ物をよくよく必ず観察するべし。
改めて食べ物に感謝の念が生まれる　実際やせている人は、だいたい箸で食べ物をこねくりまわしている（ように見える）。
ラーメン、そば、うどんなどの麺類はこの方法では、絶対にやせられない食べ物である。つつしむが良い。
どうしても食べたいと言う人は外国人が食べるように「音」を立てずに食べると、少しはスピードが落ちる。ただ、伸びてまずくなるかもしれないが、どちらが「幸せへの道」かはそれぞれの価値観に従うように。

④腹８分目、というのは満腹状態になってこそ分かることである。

今が３分目、今が６分目…。これが分かる人の「胃」もしくは「腸」は果たして、そこまで自覚できるものなのだろうか？
「あともうちょっと食べたい」ときに止めるのは、かろうじて歯を食いしばってできるが、そこへ別の料理がもし出てきたときに果たして、それを実行できるかどうかは、神のみぞ知る。
「別腹」「別腹」という人は、「私って牛の一種かもしれない」とわが身を悲しむ方が良い。
いっそ思いっきり食べて**「胃下垂」**になると、もしかしたらやせられる可能性もあるが、それは邪道であるし、話に聞くと、それなりに辛いそうだから、できればその方法はやめたほうが良いと思われる。（「胃下垂」のかた、ごめんなさい！）

だいたいやせてる人は、皆が夢中で食べてる最中でも「あぁ、私おなかいっぱい！！」というので、その場の雰囲気が一気に冷え込むことに気付かない不心得者である。
「あらーーー、胃が小さいねぇ…」と優しく言ってあげよう。
「あんたは、あんた」「私は私」…個人主義に徹して食べるのがよいが、これが**太るコツ**である。
すでにお腹いっぱいの人がそばにいるのだから、それを目安にするのが、もしかしたら**やせるコツ**かもしれない。

⑤とにかく動く。

こまねずみのように動く。意味なく動く。遠回りしても動く。どこかにわざと忘れ物をして取りに行く。意味なくても動いていると自分のいらないお肉にさらに気がつく。**…とにかく動く！**

⑥立っとく。

⑤の意見と同じ、のように見えるが、「なるべく座らない」。
どうしても、座りたい衝動にかられても、座りっきりにならない。PC の前にへばりついてたら、絶対に運動不足であるし、つい、何か口にしたくなる。しかも、気がつけば２時間ぐらい座ってしまっている。

座るのは、数分の休憩のみ許される。**いさぎよく、立つ！**

座っていても、絶対に食べ物を傍に置かない。せめて許されるのはカロリーのない、甘くない飲み物だけが許される。
(…チャチャ丸姫「あ〜〜〜、ブログ書くのできなくなるよ〜」)

⑦朝食、昼食はたっぷり摂り、夕食は少なめ、軽くする…といっても大体やせたい人は統計的に主婦が多いので、作らないわけにはいかん、作ったら食べないわけにはいかん。なので、

自分の食べる分量を減らした食事作りを研究しよう。

大体太った家族の料理は油こく、味濃く、かつ大量である。もしくは心から食べるつもりがないなら、おもいっきりまずいものを**愛**という名でごまかして、家族に差し出そう。「私は作っただけでもう胸がいっぱい…（腹がいっぱいとは言っていない…ずるい言い方だが、さらっと小声で言ってしまおう、言葉尻をつかまれたら、困るから。）よく、調理中につまみ食いをして、本番のときには食べられなくなることがある。やせたいならば、つまみ食いは勿論禁止だが、もし、つまみ食いしたら、本当にそれだけでお終いにすべし。また、テーブルについてまでも食べようとするから、太るのである。にっこり微笑んで、みんなの食べる姿を見て喜ぼう。このささやかな歓びが、将来のスリムな姿につながる…。

⑧なるべく大皿盛りはしない。

自分がどれだけ食べたか全く分からなくなる。

洗うのが大変！！ということで、ブッフェのように大皿で出して、各自が一皿にいろんな物を盛り合わせるのは、論外。

人間には生まれついての食に対する競争心があるのは、いなめない。取り合いしてるつもりはなくても、気がつけば人より多く取ろうとしている。大皿盛りは危険だ！

⑨一人分ずつ、「たったこれだけ・・・？」と思うぐらいの量を、綺麗な器に入れてできるならば、**一皿ずつ出す**。

…フルコースの途中で「あぁ、もうお腹いっぱい！！」と思う人が世の中に多いところから、この方法は一番やせるためには良いと考えられる。

但し、皿洗いは覚悟せねばならない。世の中は表裏一体である？？？

⑩歯磨きの間、ボーッと立っていてはいけない。

木村拓哉夫人、あの工藤静香さんでも「歯磨きしながら、スクワットをしている」と、この前TVで発言していたのを聞いて、「あ！　やせてる人間はここが違うものであるなぁ」と感心した。

スクワットが嫌なら、爪先立ちでも、腹筋体操でも、なんでもよいから、とにかくボーッと歯磨きの時間を無為に過ごさない。

⑪お風呂も「あぁ〜〜〜、天国　！！　」などとつぶやきながら入ってはいけない。
このときこそ密室内で、誰にも見られずに**「お顔のストレッチ」**ができる絶好の機会。
別に叫んでも良いが、声を出さずに「あ・え・い・う・え・お・あ・お…」とか、「あ・い・う・え・お…」とか、顔を思い切り動かして筋肉ストレッチする。
普段どんなに顔の筋肉を使わずにだらだらしゃべっているかが自覚できる。
二重あごにも効くように「う・い・う・い・う・い…」と「あ・お・あ・お・あ・お…」という動きもあわせてするのがとりわけ中年以降には、良いだろう。

⑫「やめられなく、止まらなくなる食べ物はこの世の中にはない」
コマーシャルの見すぎである。
止まらなくなるほど美味しい食べ物を食べることは、滅多にない。止まらなくしているのは自分に**甘さと開き直り**があるからである。

⑫家の中にたとえ災害時用であれ、

「カロリーの高いお菓子類」を置くことはなるべく避ける。
（…チャチャ丸姫「そ、そ、それだけは、どうぞご勘弁を、お代官様ーーー！！」）

⑬（動くことからつながるが、）**外に出る。**
家に居ると「つい」「つい」と何かを口に入れたくなる。
外出すれば、まさか電車の中でハンドバッグから何かを「つい」「つい」食べることはできない。
大阪のオバちゃんがハンドバッグに必ずといってよいほど入れている「あめちゃん」はコミュニケーションのきっかけ用であって、一人であめちゃん出して食べている人は、あまり見かけない。

もし、そのような人は「低血糖」症状が出て危険であるから、医学的に甘いものをとっているのであろう。まわりも優しく見守ってあげるべきである。

⑭値段ははるかもしれないが、**凸面鏡を買ってみよう。**
太ればどうなるかを自分の目でマジマジ見て怯えることこそが、もしかしたら、太らない、いや、やせるコツかもしれない。太ればこうなる・・という具体的な恐れを見るには、大枚はたいて凸面鏡購入しかない。

⑮**「ウエストゴムの服を着ない」**
ジャージなどもってのほか
パジャマのままというのは論外
できることなら、少々**ウエストきつめ**位のパンツやスカートを必死で着ましょう。
そうすれば、絶対にお正月明けて、ダラダラになった体にはならないと思いますよ。
…だいたい、夏に太るんです。甘いアイスコーヒーとか、飲み物をガブガブ飲むし、アッパッパのようなワンピース（ご存知ですか？　ウエストストンとしたワンピースです、暑いからねぇ。ムームー着てますものね、ハワイでは）を着てると、一気に**ウエスト消滅**ですから！！

きつめの服、
ウエストマークの服にご注目！！ですよ！！

…まぁ、こんなもんで許したろ…
あ～～～～！！！どれもできない！！！！！

やせるって、やせるって、
あぁあああああああぁあああぁぁあぁ！！！！

以上をもちまして、私には「やせる」と言うことがとっても難しく、

とてつもなく無理に近い、という結論に早くも達しました。
長時間、ご拝読ありがとうございました。・・・あぁあ、すっかり座りこんでしまったわ😑

笑顔でいる

楽天的な私にも、それなりに悩みや悲しいことはあります。
「隣の芝生」をうらやましく思うこともあります。
どうして？？…と思う日もあります。
チッと思うときもあります。
涙がボワッっと出てきそうな日もあります。
でも…笑顔でいることはとっても大変なのは知ってるけれど、できるだけ笑顔でいたい…。
そして、みんなにも笑顔でいて欲しい。

どんなときでも笑顔でいることはきっとしんどいだろうけれど、
困ってるときにも
しんどいときにも
へこんでいるときにも
泣いてしまいそうなときにも
どんなときにも、その人に会うと、心がポワッと温かくなる。
思わず笑顔になってしまう。
そんな人でいたいです。

気分次第で、別人のようになる人。
さっきまでご機嫌さんだったのに、ヒョンと気分を害したのかブスッとしてしまう人。

でも、私はそんな人の心をほぐして、笑顔にしてあげたい。
だって、その人も笑顔の方が本当に素敵なんですもの。
お店に行っても、気難しい顔をした素っ気ない店員さんを笑顔にしてあげたい。
いっぱい辛いことや悲しいことを抱えているのかもしれません。
だからこそ、いろんなことを話しかけたりしてしまう。
買い物終えて出てくるときには、その人に笑顔で送り出してもらいたいから。
そして、その人の笑顔ができるだけずっと続くことを願っています。

この世は一期一会。

たとえ、すれ違う瞬間でも、

絶対に笑顔の方がいいと思う。

外国に行って一番うれしいのは
ちょっとしたことでも笑顔で返してくれる。
例えば、ウィンドウショッピングに入った店でも、ガソリンスタンドでも、駐車場を出るときでも、そこから出るときは
“Have a nice day” 良い一日を！
“Have a nice trip” 良い旅行を！
と笑顔と共に送り出してくれる。そして、私が笑顔で返す言葉は
“Thank you, you too” ありがとう、あなたもね！

とっても素敵な一期一会。

二度と会うこともない人にも、笑顔の印象が残るって、とっても素敵なことですよね。

だから、身近な人にはなおのこと、笑顔でいて欲しい。
ちょこっと心のネジが外れそうなときに、笑顔を取り戻してあげれることがで

きれば…。えらそうな言い方ですが…
そんな人でいたいです。

昔、あることで悩んでいたときに、ある人から言われました。
「その人のサンドバッグになってあげたらええやん」
サンドバッグ…私がサンドバッグになってその人の気持ちが落ち着くならお安い御用です。
打たれて、打たれて…。
ちょっと辛いときもあったけれど、もともと楽天的な私には良い経験ができたと思っています。

新年に当たって、今年はもっと笑顔でいたいと思っています。

応援団だよ！

生きてるといろんなことがあって、楽しいこともいっぱいあるけど、とんでもなく辛い日が続くこともありますね。
長いトンネル、どこまで続くのか…とゲンナリなることもあるし、向こうの方にようやくかすかな光が見えて、ほっとすることもあります。

最近私のまわりでも心が辛い人が多いようです。
何故だか分からないけど、悲しい、辛い、鬱々としてる…。
原因は様々ですが、本当に辛そうです。

今日のような良い天気の日でも、心が悪い風邪をひいてしまって、涙がホロホロと出てきたり、
ちょっとしたことにも心にトゲトゲが生えたり…。

そんなときに、どうか自分の回りの友達を思いだしてください。そして、誰かにちょっとずつでも心の重さを打ち明けてください。
どうか絶対に一人で抱え込まないで。
私も辛いことや悲しいことがあったら聞いてくれる友達がいます。病気のときにも、どんなにかその友人達に助けられたことでしょう。話を聞いてもらうだけで、随分心が軽くなりましたよ。

この人が私を応援してくれている…私に応援団がついている！！

お互い様です。
皆誰かの応援団です。

お互い様です。
私は貴方の応援団です。

お互い様です。
と言ってよいでしょうか？
お願いですから貴方も私の応援団でいてください。

昔ある人に言われたことが私の大切な言葉になっています。**「貴方はその人のサンドバッグになってあげたらええやん」**
この言葉は前にも書いたと思いますが、私にとっては、「よっしゃぁ、サンドバッグや！」と心の扉を広げてその人の言葉を待ちます。
「打ち込め、打ち込め！！」
打ち込んで気持ちが楽になるのなら、思い切り打ち込みなさい！！

お互い応援団、お互いサンドバッグになって、貴方の心が、暖かい春を迎えるのに、じゅうぶんふさわしい**ピンク色**になるのを待ちましょうよ！
このブログも一つの応援団だと思います。
しばらく書き込みがなかったら

「あれ？　○○さん、どうしはったんだろう？？？」
と心配してるブログ仲間、ブログ応援団がいます。
しばらくたって再登場したら、ホッとしてる仲間、応援団がいます。

この応援団の連中は、温かい気持ちの持ち主だと思っています。

貴方の応援団、ここにいますよ！！

柔らかい頭

私、新製品が好きです。特に食品。お菓子。（みなさん、充分ご存知ですよね）
私、好奇心が旺盛です。ＴＶのニュースなどでは耳をピンと立てて聞いています。
私、いろんなものを試してみます。髪型も長いの、短いの、ストレート、ウェービー、ボブカット…（…アフロはありませんが、ソバージュはしました）

私、服もいろんな色やデザインを着たいし、季節や日によってイメージを変えたいと思っています。
私、本屋さんの平積みや、書評に出てる本は手にとって眺めます。
私、あらゆるジャンルの本や漫画、音楽に常に関心を持とうと頑張っています。

私、生きてることを面白がってます。

そう！　一回だけの人生、いろんなものを見たり聞いたり試したり、できるだけ楽しみたいと思います。
そこで、皆さんへの提案です。
皆さん、**できるだけ頭は柔らかくいましょうよ。**

かたくなな頭にならないように。
頑固に決め付けないで！
自分で小さく決め込まないように。

例えば
「うちはこのカレールーしかあかん」
「このハンドクリームしかあかん」
「この化粧品しかあかん」
「このコーヒーしか飲まない」
「この薬しか効かん」…などなど

店ではいろんな種類あるのに、一回他のも試してみたらどうですか？
いろんなところで新製品を一生懸命考えて開発している人が居ますよ。
それで不評なら、またいつものにしたらいいじゃないですか…。

「私はこの髪型しか似合えへん」…そうかなぁ…
誰がそう言いはったの？
もしかしたら短くした方がずっと若々しくなるかも。
それに長い髪の毛は、負担も大きいし短いのは楽だよ。

「私、こんな色似合わへん」…誰がきめたの？
カラーアナリストさんに聞いたの？
もしかしたら、色白の貴方はきれいなピンクやブルー、オレンジ色なども似合うかもしれないよ。ぐっと若返って柔らかい印象になるかもしれませんよ。

「私はこの店のこれしか買わへんねん」…世の中次々と新製品が出てきてるでしょう？
それを出すのに、一生懸命研究や工夫を重ねて送り出してるんやから、もっと良い物が売ってるかもしれんよ…。
お店も見渡すとこんなにいっぱいあります。

外国からも様々なものが入ってきています。

「おれ、これ嫌いや」…昔は嫌いだったものでも、何かの拍子に食べてみたら美味しいってことがあるよ。
私も「らっきょう」や「みょうが」食べれなかったけど、今は大好きだよ。
ブツブツができるとか、体がおかしくなるとかならともかく、TRY してごらんよ。

…以上はほんの一例ですが、若くても頭の固い、頑固な人は「生きてるうえで、損してるな」と思います。
しかも年を取ると、一層かたくなになっていきます。
でも、年取ってからでも楽しく若々しい人は、きっと
頭が柔らかい人だと思います。
この世の中、いろんな情報が氾濫してて、その中から自分にあったものを選ぶのはとっても大変ですが、それも考えようで、とっても楽しいことだと思います。

情報に踊らされることなく、

柔らかい頭で考えて自分で選び取る。

今までとは違う、楽しい人生の始まりですよ。若い人も、頭は柔らかくね！！

命の水

「宝水」（たからみず）ってご存知ですか？

または**「命の水」**とも言いますが、

これは**「寝る前に飲む１杯の水」**のことです。

そういえば、昔の人は枕元にガラスの水入れをお盆にのせて置いていましたね。
（TV や、映画などで見たことありませんか？）
これは寝ている間に体の水分が蒸発して不足する水を飲むことによって、朝方の発作を起こさないようにする、という大切な働きがあるんです。

最近は水のペットボトルを持ち歩くぐらいに「水」を飲まねば…という人が増えましたが、

「宝水」は、寝る前にコップ１杯の水を飲むことで、寝ている間も血液が濃くなって詰まらせないようにすることです。

そもそも、水には浄化の働きがありますね。
一番効果的なのは
＊朝起きたとき
＊お風呂の前
＊寝る前
…お通じをスムーズに促したり、新陳代謝をよくしたり、体の水分量を保ったり、しかし、

寝る前に飲むコップ１杯の水を「宝水」「命の水」と呼ぶことは、

それほどに一番大切で有効だということです。

最近若いのに**生活習慣病**である**「脳梗塞」**や**「脳溢血」「心筋梗塞」**などの病気になる方が増えています
どれも**ドロドロ血液、ネバネバ血液**のような**濃い血液**が原因だそうです。あの怖い「脳梗塞」の40%は就寝中におこるそうですよ。

ただ、夜中のトイレが近くなるのを恐れて水分を控える、という方が多いのも事実ですが、どうぞ体の為に、自分の為に、そして、家族の為に、寝る前に1杯の水を飲んでくださいね。
水分ではありませんよ。甘いジュースなど飲んだら、血糖値をあげて、血液の粘性を高めてしまって、大きな危険性があります。

どうぞ、「魔の時間帯」の対策をしてくださいね。

40代後半になると、ビックリするほど体力が落ちますし、代謝も悪くなるし、いろいろな検査数値も「えーーーっ」ということになります。
若い頃と同じ生活をしていてはだめだということを思い知らされますから、どうぞ、若い皆さん、今から体を大切にしてください。

まず、夜寝る前の「命の水」を！！

なんで？

ある方に言われました。
「なんで、そんなに甘い物食べてるのに、太らないの？」
…いえいえ、プヨプヨを必死で押し込んで暮しているんですよ…

…でも、なんで甘い物をこんなに食べてる割には、思ったほど太っていないか…？

それは甘い物買うのが好きで、買うだけで、もう80%満足してるんです。買ってきて、ニコニコしながら袋を開けて…これで10%満足。ひとつかふたつ食べたら10%
それで、もう満足度100%！！

だから、ケーキもお店で決められなくて、いろんな種類をいくつか買って来ますが、家に帰って綺麗に家族人数の3で割って、それぞれを一切れずつ食べたらそれで満足！！

外食しても、私はパパのと違うのを注文して、「お願い光線」（別名おねだり光線）出して、パパのを一口もらうのが好き！（パパはとっても嫌がりますが…）

袋菓子もちょっと食べたら、輪ゴムでしばって、隠します…
…これは家人（パパと息子）に見つかると**アーーーッ**と言う間になくなるから…
ところが、隠した場所を、最近は忘れるんです…
危ない年頃です…
しばらくして、とんでもない所から、ひょっこり出現。
もう賞味期限は、とうに過ぎてしまってる…。
だから、ちょこっとは食べるんですが、一袋食べ切ることはないんです。
ポテトチップも5枚位シャリシャリ食べたら、もう満足！

家には本当はあちこちにお菓子がゴロゴロしてるかもしれませんが、夕食後も、ほとんど食べないし、食べるとしたらチョコレートを2個ほど。それも9時頃からは、できるだけ食べないようにしています。

ハハハ…こんなにえらそうに書いてますが、

私、プヨプヨ（と、お菓子）を上手に隠してるだけです…

但し、最近プヨプヨがうまく隠れてくれなくって…

絶対必要です。

お化粧が必要かどうか、お化粧が良いことか**モヒトツ**賛成できかねるかどうかは、皆さんそれなりのご意見がおありでしょうからちょっと置いといて…

やはりある程度の「お年頃」になったら、それなりのお化粧はした方が良いと思っています。私は長年お化粧に頼って生きてまいりました。

で、結論として、声を大にしてお薦めするのは

「絶対にマスカラつけたほうがいいですよ〜〜〜」
ってことです

とくに**40代後半**になったら、なんだか目元が寂しげになってきますので、まつ毛がいつまでもバッサバッサあって困ってる人以外はマスカラ塗って⤴**目力（メヂカラ）**⤴つけてキリッとしましょう。

そうしないと、目の存在が…

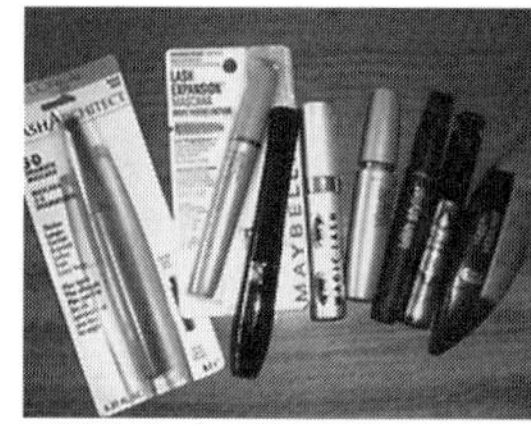

で、研究の為にいろいろ持ってます。
マスカラフリークとでも言われるくらい…。
あっちの化粧品会社、
こっちの化粧品会社、

乙女心は、彷徨います。

CM に出てる外人さんのまつげや、長過ぎるまつげは、
あれは「つけまつげ」でしょ？

でしょ？
ねぇ、いくらなんでも、あんなに長くはならんでしょ…。
ねぇ？

あちこち探して、探して、探して…（この熱意！！）
とうとう大津駅にある鳩のマークのお店で巡りあいました
でも、２種類ありました。

まつ毛をタップリ濃くするものと、まつ毛をながーくするものと…。かなり悩んで
まつ毛をながーくするものを買うことに決定。

だって、ながーくなってる写真見て憧れて探したんだから、ながーくなる方を選ばねば…。

で、ながーくなるだろう…ウヒョヒョ楽しみ楽しみ！！と思って、いそいそコテコテコッテリつけたんですが…

あれ〜〜〜〜？？？？
思った程ながーーくならないジャン!!

何故に

何故に

…😩…

これって…
もとのまつ毛がソコソコないと、いくらこれをタップリつけても伸びていかないのね…。コテコテ塗ってもしれてるみたいです…。
だからいわんこっちゃないでしょ？！？！
バサバサ、ブイブイ言わせてる綺麗な若いお嬢様とおなじにはならない、っちゅうことです。

でも、**マスカラはつけなくてはなりませぬ。**

これは、**私のポリシー**です。
今度はまた、鳩のマークのお店で、まつ毛濃くなるのを買ってきて、まずそれをつけてまつ毛の量を増やしてから、このながーくなるのをつけてみましょう！！

でも…浜崎あゆみみたいになったら、どうしようっかなぁ…😲

ところで…私の目元をあまりジロジロ見ないでね…😲
「えっ…これで ？？？」って思うかもしれませんからね…。ほんと、よろしくおねがいしますよ…。

ひとめぼれ

街を歩くと、最近は綺麗な **GIRL** や **BOY** が多くて、つい、見とれちゃいますね！
でも、私がひとめぼれするのは **BAG** です。

お高いブランドのバッグにはほとんど興味ありません！
でも、２個ほど持ってるから、全くとは言えない…。
でも、使うことは滅多にない。大切にしまってあります。

10 代の頃、（かれこれ 30 年くらい前？）に、「大人になったら、黒いミンクのロングコート着て、ケリーバッグ持って、細くて長いタバコをくゆらすような女性になりたい…」と思っていた私ですが、今や世の中、毛皮は動物虐待で可哀想、タバコは健康によろしくない、憧れのケリーバッグはいまや手の届かないところに鎮座されちゃって…。
そもそも、バッグ一つに 100 万以上も出せないっす

フン、※ケリーなんか、いらねえよぅ、だって、重すぎるもーん。

なんだか、ステッパチ、ヤケクソ、天の邪鬼、ヒガミ…っぽいことを言っております。
でも、本当にケリーもバーキンも、**肩こり首こり**の私にはバッグだけで重すぎます。
私のバッグ、中身が「何でそんな物まで…？？？」というくらいいろんなものが入ってるんですもの。そりゃぁ、重いのなんの…。大阪のおばちゃんだから、飴ちゃんは必須。それも何種類も…。
ガム、携帯、タオル、ハンカチ、口紅３種類、コンパクト、サングラス、小銭とポイントカードでムッチリふくらんだ財布、ティッシュー、ウェットティッシュー、スケジュール手帳、手鏡、ボールペン、シャーペン、判子…今測ったら２kg 近くあります。
毎日、肩こる訳だわ…。

そこで、私が街を歩いて綺麗な坊ちゃん嬢ちゃんを見ながらも、ひたすら♥**ひとめぼれ**するのは、**布のバッグ。**

革の重いバッグは、もう私の辞書にはない！

ヴィトンもいらねぇ！！　持ってねぇ！

私がひとめぼれするのは面白い色合いの、面白い柄の、ちょっと遊び心満載のバッグ。
しかも、10,000円以上したら、パス。絶対に買わない。
3,000円～7,000円くらいでなくちゃ！
だって、ひとめぼれで買うんですもの、そんな高いのは買わない、買えない。
それと肩から提げれるのでないと。

欲しい物をあちこち探し回って買うことはしない人です。
歩いてると、突然、目の端に欲しい物が飛び込んでくるんです。通りすぎてから、「アラ？」と思って2～3歩戻ると、こちらを見て微笑んでるんです、私のお気に入りが…。
ひとめぼれです。これってひとめぼれでしょ？？

では、またひとめぼれ探し、夏のバーゲンで、頑張るぞ！！！

頭なでなで

娘が帰国してきました。
私に会って最初にしたこと。
頭なでなでして「大丈夫？？　体、無理してない？？」と言ってくれました。
もう、完全に私の保護者です。

「頭なでなで」は一般的には、親から子供にすることでしょうが、夫から妻へも、子供から親へも、友達同士でも、とっても温かい気持ちが伝わる素敵な**スキンシップ**だと思います。

ハグハグすることも照れちゃってできないと言う方、この「よしよし」の気持ちの入った「頭なでなで」は、とってても心がホンワリさせてくれる素敵な愛情表現だとおもいますよ。

まだ 50 代だよ！

新聞に新オリジナルアルバム
「デニム」を発表した竹内まりやさんのコメントが出ていました。

♪気がつけば五十路を越えた私がいる
♪信じられない速さで時は過ぎ去ると知ってしまったら
♪どんな小さなことも覚えていたいと心が言ったよ

…私も自慢じゃないが 54 歳になってしもうた…
同じ 50 代の一人の女性として、彼女とは違って「普通のオバチャン」だけどね。
気がついたら…五十路…見事に同感ですわ。

「私の 30 代と 40 代を返してくれ～～～！！」
と思うほど忙しかった毎日
これは「私の青春を返して～～～！！」というのを聞いたパロディ？？みたいなもんです…。

…それからも次々といろいろありますが、
今に至ってしまいました。

本当に気がついたら五十路にすっかり見事にはまりこんで、もし何かで新聞に

載るようなことがあれば、「初老の女が…」とでも書かれるんでしょうね

でも、まだまだだよ。まだまだこれからだよ。

もう54歳ではなくて、まだまだ54歳だよ！

突飛な格好でウロウロする私に「年相応の格好しなさいよ…」と保守的な母は申します。
だって…、パパが **PTAのオバサンみたいな格好するのを好まないんです。**
PTAの仕事してたときも、Gパンや派手な服で真っ赤やビックリピンクのマニュキュアして、生徒には「おばちゃん、爪を見せて見せて。すごいなぁ…」と驚かれ、先生がたと連日丁々発止とやりあっていました。最後は仲良くなりましたがね。

そんな私も、たまには「有閑マダム」や「ええとこの奥さん風」になりますが、そんな格好するとなんだか突然老け込んだような気持ちになります。
大阪のオバチャン出身だから、派手は派手です。
笑い声も友達の間で有名なほど大きいです。
でも、傍からは楽しそうに見える人の方が、いいですよね？？

実は、10代の頃は「家庭画報」「婦人画報」「マダム」などに出てくる「素敵な奥様」っちゅうのに憧れましたが、いざ、その年になったら、「そんなに急がんでもいいんでないかい？？？」と開き直り状態です。

だって、落ち着いた格好はこれから幾つになってもできますからね。わたくし、無理矢理でも、若々しい格好でこれからもしばらくは頑張ってみますわね…。

私の五十代、まだまだヒヨッコだい!!
まだまだこれからだい！！
五十代を楽しむ私でありたいで〜〜〜す。

人参ぶらさげる

お馬さんは顔の前に人参ぶらさげると、ソレに向かって勢い良く走るらしいですね…。お馬さんの気持ちはよくわかります。

だから、私もいつも顔の前に**人参らしきもの**をぶら下げて、勢いつけて走っています

今はイマイチ体調よろしくありませんが、それでも私には生きて行く為には人参は絶対に必要です。
予定をカレンダーに書き込むときに、心が躍る状態です。
スキップスキップでお出かけだい！！

普段から人参ぶら下げるのはお得意で、「どこかで誰かと会う」「どこかへ出かける」ということが普通の主婦には人参（イベント）です。
それは「指折り数えてのお楽しみ」です。

旅行などは、**でっかい人参**と言えますね。行きたい所は、数え上げればきりがないほどありますから。
人参に不自由はしないけれど、実現する可能性はいまのところなさそうです…。
つまり、人参テンコモリですわ。

でも、でっかい人参というより
「大きな夢」「大きな目標」として、大切に温めたいと思っています
いつか実現させて、楽しいときを持ちたいですね。

普通の生活の中で、人それぞれが思いっきり楽しい人参を顔の前にぶらさげるってなんだか愉快で元気がでていいことだと思いませんか♥？

皆さんも毎日お忙しいと思いますが、「あなたの人参」ぶら下げてください
ね！！

泣きたくないから

今日も泣きたくないから
思い切りしっかり化粧します。
アイラインもマスカラもしっかりつけて
絶対に黒い涙を流さないように
ぐっとこらえて、
目の回りに思い切り力入れて…。

本当はメチャクチャ泣き虫の私ですが
泣いてなんかいられない！！

だからスッピンになったときは
友達が「泣きたいときは思い切り泣きなさい」と言うように
思い切り泣いてます。

我慢の子

今年は暖かい冬の入りですが、
これからきっと寒くて雪が降る日も
やってくるでしょう。

皆さんはご存知ですか？

もう桜はつぼみが出ているのですよ。

通りすがりの桜の枝を一度ゆっくり見てください。
この前まで、きれいに色づいてた葉が落ちて、今は枝だけになってますが、つぼみがいっぱいついてます。
これから**長い冬をつぼみの状態で過ごす**のです。

長い長い冬の日、陽もあまりささない日も、雪のちらつく日も、そして、雪の積もる日も、このようなつぼみの状態でひたすら春を待つのです。家のチューリップももう芽を出しています。
これは今年に限ったことではなくて、毎年つぼみで冬を越します。
なんだかいとおしいですよね。

頑張るんだぞ！！

声をかけたくなりますね。
そして、春にはきれいな花を咲かせて、私達を楽しませて
くださいね。

…これって、人間にも言えるんじゃないかな。
長い辛い冬の間、じっと耐えて頑張って、
そして春になるのをひたすら待つ･･･。

いろんなことがあっても、みんな、頑張ろうね！

02

豊ママのお気楽ひとりごと

声でかっ！！

一概には申せませんが、
男の子を育てられたお母様は、「お声がでかい」ような気がいたしますのよ…。

内緒だって言ってるのに、遠くまでまる聞こえるのは、
いつも男の子をお育てになった方ざんす。

どうしてあんなに声が大きくなられたんでございましょうねぇ…。

…うぅ…だって、しょーないやんか、
小さい声で「だめよ、○○ちゃん」って言ったって、全く通用しないんだから…。
大声で
「あかん!!」とか、**「危ない!!!」**とか、叫ばんと聞こえてへんからね。
声でかいだけとちゃうねん、口調も男っぽくなってしまうねん…。
「よっしゃー!!」とか、**「わかった!!」**とか、
一番はずかしいのは
「ばかもん!!」とか、
怒鳴ってるときに、「あらららら…、私って…」と思うねんけどね、もう後へは引かれへん

幼稚園の頃、息子が友達とつかみあいの喧嘩してるのを「だめだめ」とか言って止めさせようとしたけど、あかんかったから、
大声で叫ぶ訓練はあの頃できたんやねぇ。

何か被害にあったときは、叫んであげるよ
めっちゃ大きい声やし、よく通るし…。

おほほほ…、男の子を育てるのは大変でございますのよ…。
声も**体力**も**根性**も**忍耐**もいろいろ日々訓練されますのよ、

おっほほほほほ…

たぬき？！

「君ってたぬき顔だよね。関西の人だな」
…これを**東京弁**で言われた私……これほどびっくりしたことはありません
思い返せば 30 年ほど前、パパの東京の友達に「初めまして…」と挨拶した途端の一言
ひっくり返りそうでした
ワナワナとなりました
イタタタタ…友達はとっても気楽に言ったのです…。
とってもいい人ですが、20 代の女性にこの一言はきつーーーい！！

それから 30 年、わたしは**たぬき顔**のままです
しかし、よくよく考えてみました。
日本人には「たぬき顔」と「きつね顔」の２種類があるのは確かです。まさしく「たぬきさん」もいるし、ほんものの「きつねさん」もいるようです。りすさんや、ぞうさん、うまさんもいるし、ふくろうさんもいるかな？…動物歌合戦にはうさぎさんもいましたね…関係ないですが。

さらによく考えてみました。
どうもたぬき顔の人は西日本、きつね顔の人は東日本に多いのではないだろうか…。
南方から北上してきた人間と北のほうから南下してきた人間には、顔つきに大

きな違いが有るような気がします。

私の中には母方のほうで栃木県の血が流れているとは言え、やや丸い顔（とっても丸い？？）に軽く下がった目…
これは**たぬき**です…。

けっして**きつね**ではありません…。

それに、私は**甘い物が好きな人は顔が丸くなる。**
（これは太るからということだけではなくて）という説も唱えてますので、私がたぬきであるのは確実ですね…とほほ …

一度周りの人をそんな風に観察してみてください。
そして、喧嘩にならないように上手に出身地を聞いてみてください。
南からか、北からか、ちょっと日本人分布図ができそうな気持ちがしてきました。
ちなみに、**パパはとっても見事な「たぬき」**です

甘え上手

世の中には**「甘え上手」**な女性がいます。

この前、雷の話題で「『キャー！！　こわーーい！！』と叫ぶような女の子は演技も入ってる」と偉そうに書いてから、ずっといろいろ考えました。

男の人にとっては、雷が鳴ったときにカーテン開けて、ガラス窓にペッタリ張り付いて、窓の外の稲妻をウットリ眺めてるような「女性」より、「キャー、

こわーい」と両耳をおさえて、布団に飛び込むような「おんな」の方が、絶対に可愛い♥でしょうねぇ…。

電球も自分では代えることができないし…、天ぷら揚げてジャーーンとはねたら「キャッ」と叫んで立ちすくむ…、
重いものは「もてないよー」と声に出し…
虫が飛べば「いやーん」と逃げる…
お買い物に行くと、彼（旦那、夫）の腕にぶらさがるように歩き、「わぁ、これ、素敵！」と立ち止まる…
買い物は「これ、買おうかどうしようか？…」と売り場で悩み、彼の返事を待つ…
怪我をしたら、卒倒する、か、オタオタバタバタする…
子供が何かしたら会社の御主人に即電話する…
誘いを受けたら「主人に相談します」と断る…
自分一人では家具を動かせないので、部屋の模様替えは休みの日しかできない…
食事に行ったときになかなか出てこなかったり、変なものが入ってても「すみません、店長さん呼んでください」とか言わずにぐっと黙って耐えている…
「私はわるくない…」と目に涙ウルウルためて訴える…
そして、ときには声がやや鼻にかかって、甘え声を出す…

…あぁ、私にはできない…
そのようにしたら、きっとパパは喜んで協力してくれると思うけど…。
私にもそれなりの演技力はあるけど、ちょっと恥ずかしくって、できないや…
あーぁ、私って、どう見ても甘え上手でなくて、ちっとも可愛くないや…。

話によると、「おんな」は「おんな」として生まれてくるのではなくて、どうも「おんな」として育つらしい…

フンッ、いいや、これで今まで来たんだから、いまさら
路線変更できねーよ！！

凸面鏡でしょうか？

この前からずっと思ってること。
ケーキ売り場のケーキの入ってるショーケースって
もしかすると凸面鏡？
だって、買うときは大きく見えるんですけど、家に帰って食べようとするとなんだか小さい…。
GODIVA みたいな高級なチョコレート売り場のもそう思います。

それと**美容院の鏡は不思議鏡？**

それから**試着室の鏡も不思議鏡？**

最近、オバサン度が進んでるからか、イジケ度が進んでるからか、凸面鏡に思えたり、不思議鏡に思えたり…。

悲しいような悔しいような。

これで遊ぶ

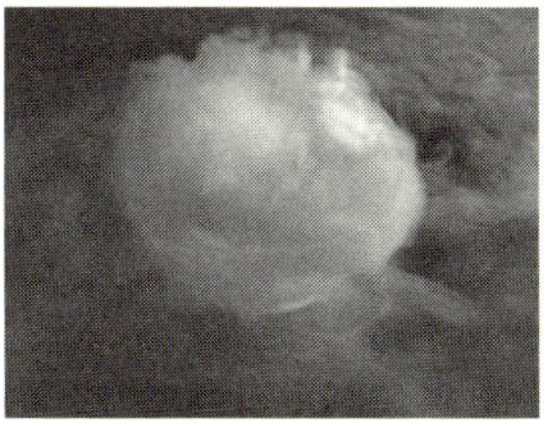

うほほほ…

幾つになっても、
これで遊ぶのが好きです。

玉手箱ごっこ…わたしゃ浦島太郎か？？？

生協の配送で手に入れたドライアイス
器に入れて、水を入れて…

ほらほら、むくむくむくむく…

子供が小さい頃も台所に呼んでこれで遊びました。
お水に食紅をちょっと入れると真っ赤な水からモクモクモク…。ちょっと魔法使いのお婆さんになった気分。
絵の具も使って、緑や紫、黄色も作っていっぱい器を並べます。

「…ほら、ここは**恐ろしい実験室**だよ～～～
ほらほら、いろんな色の煙が**ムクムク**出てるだろ～～～」

子供達もキャッキャ言って、じっと眺めてました…。

…そう…今は一人で遊んでいます…

これにお水でなくて、熱湯を入れると、もっとすごい量のムクムクが出るのは御存知ですか？？

舞台やテレビスタジオではドライアイスに熱湯入れて扇風機で風送って…そう言えばあまりにムクムクし過ぎて、肝心の有名演歌歌手が行方不明になってた番組がありましたね
霧の中から苦笑いしながら歌手が出てきて…こちらでは大笑いしてましたが、担当のオニイサンは、コッテリ怒られたかもしれません

さ、このムクムクでしばらく涼しそうな冷気を感じることにしましょうか。

しぬかと思った

噂のコーラ **ZERO**
ちょっとだけ冷やして飲もう…と冷凍庫に…
…
…
…すっかり忘れておりました…

でも、ちょっと飲んでみようっと！！
で、蓋をひねったら

ボーーーン！！！！！！

お前はシャンペンか？？というほどの音と共に

ボコボコボコ…

すごーーい勢いでコーラがあふれ出ましたもんで、
勿体ないオバサンは、思わず**口**で栓をしようと…

あかん！！！！どんどんあふれかえる…

ゴボゴボゴボゴボ…

口の中には一度入るんですが、口の端から出て行く〜〜〜〜
もう息たえだえ…
あかん、このままでは、窒息する〜〜〜〜！！！

思いきって口を離しても
コーラはどんどん吹き出して

あ〜〜〜ぁ〜〜〜〜

半分しか残りませんでしたわ…

勿体ない、勿体ない…ことでございました…。

我が家で先程起こった事件でございます。

いらち？？

わたし、大阪のいらちですねん。
いらち…知ってはりますか？
気の短い人のこととでも思ってくれはったらいいです。
あわてんぼ、よりももっと気ぜわしい人ですね。

でも、一生懸命ゆっくり考えて、落ち着くように頑張ってます。

大体、パパがビックリするほど、ノンビリした人で、それを見てるだけで、イライラ度は高まりますが、我慢我慢
おしりにボーボー火が付くまで何にもしない人と、夏休みの宿題とかでも7月中に片付けてしまおう、と考えるような人とが、30年一緒に暮してると、どうしてもいらちは不利になります。イライラ、いそいそしてるのがアホらしくなってくるもんです。

パパによく言われます
「落ち着け！！」…
私も心の中で
「急げ！！！」…

自分でもだんだん自分の気ぜわしいのが嫌になってきてますので、体力も落ちてきてることだし、こんなに年末にせねばならないいろんなことが押し寄せても、もう「ええやん、ええやん…」と思うことにしましょう。

ゆっくり深呼吸して、ひとつずつ丁寧に片付けていったら、気持ちも、体も、無理せずにいられますさかいね。
今、何が優先するべきか
それには何から手をつければいいか
よーく考えてみまっさ。
「いらちのつぶやき」でした。

選ぶ楽しみ？

今年のお年玉付き年賀葉書の抽選で、
半日かけて一生懸命探して、ようやく、

たった１枚２等に当たったわ😊

昨日郵便局に行って、
「１等狙ったんだけど、ようやく２等１枚…」と言うと、
「😊おめでとうございます、よかったですね！」
と渡されたのがこのパンフレット。
これからこの中 50 品の中から、たった一つだけ、選ぶのね…。

もし、1 等当たったら、どんなにうれしい気持ちで迷うかしらね。ハワイ旅行や、国内旅行、ノートパソコン、DVD レコーダーとホームシアターセット、デジカメとプリンター、選ぶ楽しみは大きいわね…。どれも魅力的だもん。
でも１等当たった人って今まで聞いたことないわ…。
山ほど年賀状が来る人は確率も高いけど、調べることしないんじゃぁないの？？　結構調べるのって大変だもん。

でも、それにしても
１等と２等の差が大きいと思いません？？？

２等と３等の差も…。
前は４等まであったと思うんだけど、今年からかしら、３等までって。

とにかく選ぶ楽しみはあるけど、たった一つを選ぶのって、ちょい苦しいよね。
家族は「えーー、2 等当たったん😊！！」とパンフレットみて、口々に「あれがいい」、「これがいい」、と言うけどね…。

さて、どれにしようかな・・・😵

最近香典返しとかもこの選ぶスタイルが多いけど、いつも本当に迷っちゃうんです…。

おかんって…

朝日新聞の中に「教えて！　関西っ子」というコーナーがあって、
「おかあさんのことを『おかん』と呼びますか？」
と質問がありました。

これに対して　大阪市立西船場小学校の４・５・６年生が答えているんですが、
YES…３人
NO…85人
だそうです。

　大阪っ子なら当たり前と思っていた「おかあさん＝オカン」の図式は幻だったのでしょうか。
　「大阪ことば事典」（牧村史陽編、講談社学術文庫）では、オカァサン→オカァハン→オカァン→オカンと変遷したと説明されています。でも、この結果では、ひょっとしたら絶滅の危機が近いということでは？
と案じています。

でも、
　いやいや、入学式に来ていた母親は「『おかあさん』って呼ぶのが恥ずかしくなるころから使いだすんです」。そうか、思春期以降に身近になるのか。
　品がないと感じる人もいるけれど、「おふくろ」とは違うコミカルな響きは東日本出身の記者には新鮮。
と結んでいます。…以上朝日新聞より抜粋。

そうです、我が家でも「おかん」と呼び出したのは、たしか、中学生辺りからでした。
最初、後ろから**「おかん」**と呼ばれたときには、まさか自分のこととは思えずに、全く気付きませんでした。キョロキョロ探したくらいでした。
だってぇーー、…それまでイメージとして、足に絡まるようにしがみついて
「ママーー」と私を見上げて呼んでた小さい息子が、ある日突然に上の方から、
低ーい声で「…おかん…」と呼ぶ日がくるなんて…、誰が想像したでしょう…。
「えーっ、私が『おかん』？？？？？？？！！！！！」

とっても、ショーーック！！
私、「おかん」ってイメージ？？？
…違うと思うねんけど…

いやはや、本当に悲しかったです…
「ママぁ」から、突然「おかん」になるんですよ…。

『お母様』とは望みませんが、せめて、「おかあさん」とか、「かーさん」とか、
ワンクッション欲しかったナァ…。

思春期、反抗期に入ってからは、一緒に歩かない、道で会っても知らん顔する、
「さぁ～～？」とか、「知らん！」とか一言でも惜しそうに返事する。…日々昔
の可愛かった頃を涙ながらに思い出していましたわ。…「懐かしいあの頃よ、
もう一度！！！」の気持ち。

娘は今でも「ママ」と呼んでくれますし、私も83歳の母をずっと「ママ」と
呼んでいますし、あのパパでさえも時々私を「ママ！」と呼びかけます…
キャッ！！
なのに、「おかん」とは…

でも呼ばれ始めて早や10年近く…

「おかん！」と呼ばれて、「何じゃいナ？」と答える
コミカルな私がいます…。

ところで、一生私は「おかん」でしょうか？？？
ところで、皆さんは**お母様**のことをどのように呼んでいらっしゃるのでしょうか？　教えていただきたいわ！！

ちょっとしたことなんだけどね…

例えば狭い道で、向こうから車が来たら、立ち止まりますね。そのときに運転してる人がちょっと手を挙げて「アリガトウ」を表わしてくれたり…

どちらも車の場合、狭い道ですれ違うときに、こちらが路肩に寄って待ってあげたりしたときに、ちょっと頭を下げるとか、ちょっと手を挙げて「アリガトウ」してくれたり…

すごい雨降りのときに、歩道を歩いてると、車のスピードを落として横を通ってくれたり…

道路で車を前に入れてあげたら、テールランプ　チカチカで「アリガトウ」って表現してくれたり…

雨の日に傘をさして道を歩いていて、道が狭いところではお互いがちょっと傘を反対側にかしげて傘同士がぶつからないようにしたり…
ドアの向こうとこちらで出会い頭になったときに、ちょっと引いて「お先にどうぞ」と譲ってくれたり…

ドアを先に通ったら次の人が通りやすいように、ドアを軽く押さえていてくれたり…

エレベーターを降りるときに「開」のボタンを押して皆が出るのを待ってると、
軽く会釈してくれたり、「お先に…」の一言があったり…

ほんのちょっとのことなんですが、心がホンワカすること♥ってありますよね。

大層な親切ではないんですが、人柄がしのばれるような温かいハート♥を感じる振る舞いや行動は、この世の中でとても素敵な潤滑油だと思いませんか。

されて嫌なことはしないように…
でもされてうれしかったことは、真似っ子すると自分もうれしくなりますよ☺

仰々しくエチケットとかマナーとか言うのではなくてね
もっとふんわりした思いやりという部分…♥

夕張メロンよ。

夕張メロンよ、
きみは知ってるかい？
今日のきみ達の初セリで、
1個100万円で売られたことを…。

御祝儀相場とか言うことで、
最初のひと箱（2玉入り）が200万円にも
なっちまったそうだよ…。

去年、80万円のときでも
みんなかなり驚いたし、興奮したんだけどねぇ…。

どちらにせよ、
きみはどんどん私達から
遠ざかって行くような気がするよ。

2箱目からは
そんなに遠い存在ではなさそうだけど、
それでも、最近隔たりをとっても感じてるんだ。

ところで、君はその一箱目に入っていたかい？
もし、そうだったなら、
やはり「オメデトウ！」って言わなきゃならないかね…。

もう落札した人の元から
札幌のデパートに並んだのもつかの間
早々に予約が入ってるそうだよ…。

気をつけて行くんだよ。
うれしくってテーブルの上を
コロコロ転がったりしたら
駄目だよ…。

じゃあな、
いつかきみの友達に会える日が来ることを
楽しみにしてるよ。

03

豊ママ　家事も頑張る!?

千手観音？

主婦って同時にいろんなことをやってのけなくてはならないから、前から
「聖徳太子」みたい…とは思っていたんですが、
今日**「千手観音も入ってるかも…」**と思いました。

朝起きて朝食作りながら、洗濯して、
子供達を起こしながら、カーテンや窓開けて、
お弁当作りながら、できた洗濯物をカゴに移して、
子供の出かける姿に声かけながら、部屋中まわって、
いろんなものを拾い集め、洗濯物を干しながら…
あぁ、書くのも嫌になるほど、

朝からコマネズミ状態。

それも専業主婦の場合。働いてるお母さんはさらにお化粧したり、持って行くものを揃えたり…。朝からとにかく大変ですよね。

それからお掃除があるでしょ？？　端から端まで…は毎日しなくても、きれいにはしときたいですから、一応でも掃除機振り回して、がんばるでしょ…。
日によっては「ゴミだし」っちゅうものありますね。これから分別が一層ややこしくなるので、大変ですよ。

お料理でも、温かいものと冷たいもののでき上がりの時間をそろえる為に**逆算**して、前もってできる冷たいものは冷やしておいて、これを作りながら、あれを切り、こっちでは鍋で煮込みながら、そっちではフライパンに油を注ぐ、頭の中は「これをして、あれをして…」と
グルグル考えてる。

そしてテーブルに並べるのは、その日の献立にあったお皿やお茶碗、おわんの日もあれば、スープカップの日も、お箸もあれば、フォークやナイフの日もある。とにかく
頭も体もフル回転。

子供が帰ってきたら学校での話を聞きながら、洗濯物をたたんだり、調理したり、学校に持っていくものを作ったり、揃えたり…。とにかく一日中頭も体も回転しまくり。
夜にはお風呂も沸かして、食事の片付けもして…。

買い物に行っても、家の冷蔵庫にあるものを思い出しながら、足りないものと今晩の夕食を考えて、それから、お金の具合も考えて
「パタパタママ」っていう歌があったけど、
「頭グルグルママ」っていうのも作ってほしいですねぇ。

だから、息切れしてときどきブチっと切れそうになるんですよ〜〜。

もう、主婦って、
頭の中は聖徳太子、体は千手観音
のように、背中にいっぱい腕が出てて、それを振り回しながら生活してる…と思うのは私だけでしょうか？

外で働いてるのも大変だけど、家を守っているのも、それはそれは大変なんですよ…。

だだっ子

うちには**ヤンチャっ子**もいるけど、

だだっ子も押入れの隅で生息中。
今日は久しぶりに日の目を見せてやろうと、
出してきました。

でも、相変わらずだだっ子ぶりは直っていません。
朝から今まで何度叱り付けたことか…
あっちの壁にひっかかり、こっちの柱にしがみつき、
挙句の果てに、ひっくり返って暴れてました。

久しぶりの私の掃除が念入り過ぎて、もう疲れて動けなくなったようですので、
私ももう疲れたことだし、やめることにしましょう…。

いざ出陣！

わたくしは**お掃除が好きでございます**
朝もはよからガラス磨きをしてしまうという荒技もしますし、とにかく、一日中ほっといたら、コマネズミのように掃除している私がいます。
もっと前は、友達に「あなたは一日中片手に雑巾持って家中を拭いているひとだね…」と　感心されるというか、呆れられるというか、…そんな人でした。
でも、よる年月、**そんなに一日中掃除なんかやってられないぜ！！**
って域にようやくたどりつきまして、最近は、ぐっと座り込んで、このような

ブログ書きにいそしんでいる毎日です。
掃除は午前中にバタバタ終わらせます。横をゆららが爆走しています。

しかーーし、毎朝ゆららの毛がフワフワと漂うので、これだけは退治せねばと、持ち出して振り回しているのが、庭箒です！！

普通の箒ではすぐに柔らかくなってしまうので、庭箒を使います。
これにはゆららが飛びついたり、襲い掛かったり、ずいぶん楽しんでくれるので、やってても遊んでいるのか、掃除してるのか分からなくなってきます。
なぜ掃除機をつかわないの？と思われるかも知れませんが、掃除機は言うことを聞かないですぐひっくり返りたがるから、イライライラっとしてしまうのです。
でも、1週間に一度くらいは、掃除機を「馬鹿！！　言うこと聞きなさい！！」と叱りながら、美容体操がわりに汗かいて、掃除機掃除をしています。
この箒を約10分程振り回した後、どうしても箒では見逃しちまったフワフワを次にやっつけるのがフロアワイパーです。これには、いろんなアレンジがあって場合によって取り替えます。

毛足の長いのとか、ウェットタイプとか、ワックスを塗る用とか、薄いの、厚いの、いろいろありますね。
ウェットのは、よくゴミが取れるけど、あっという間にカシカシに乾いてしまうので、すばやく使わねばなりません。掃除の途中に電話などかかってきたら、再度使おうとすると、もうカシカシ…。
だから、**掃除は手早く迅速に…**ちゅうことです。

それから、一番愛用しているのが、ハンディワイパー。
これは電気の笠や、TV、棚、家具などなど、狭いすき間もクリクリっときれいに拭き取れるなかなか大したツワモノです。棚や並べてある物等を動かさないでホコリだけ拭き取れます。いつも手元に置いて、気がつけばクリクリやってます。

さてさてここで、私がおすすめしたいのは
次に出てくるこの**「スポンジ」**
よーく見て下さい。
おうちにある**台所用の普通のスポンジ**
です。

これにカッターで切れ込みを入れたものですが、これが
サッシの溝をきれいにするのなんの…。
うれしくなるほど、簡単にきれいになるのです。
どうぞ、皆様お1つお作り下さって、家中のサッシどもを、やっつけよう👊！！
…というお話でした。

長い間ご静聴？？？　ありがとうございました…☺

スーパーで疑問？

スーパーでレジでは値段を打ち込んで、商品をカゴから出して別のカゴに入れますね。
あのときに、レジの人がメチャクチャ丁寧に、「重い物が一番下になるように」カゴに入れてくれるんですが…

それを自分のバッグ（またはスーパーの袋）に入れ替えようとすると…
また上の方の軽い物（つぶれやすいもの）を台の上に出して、下の重い物を取り出して、袋にいれるんですよね…。
これって、二度手間だと思いませんか？

しかも、レジの人が几帳面そうだったら、完全にパズルのようにカゴにきっち

り入れてくれるんで、もうそのままカゴごと持って帰りたいくらい…。
最近は MY BAG を持って行くので、レジの人に「もう、ここへ直接いれてくださいね」って頼むんです。
それを聞いたときに「え？」という顔されますが、ちゃんと重い物を下に、軽くてつぶれそうなものを上に MY BAG に入れてくれるんで、レジのあと、そのまま帰ることができます。

あのカゴにピッタリ入れることができるバッグも売ってますよね。あれは便利そうだけど、好みの柄じゃないし、割と高いし、もう MY BAG ありますので、MY BAG をカゴに大きく広げて「ここへお願いします」と言うだけですが…。

レジの人は値段を打ち込んだり、カゴにチャンと入れたり、と忙しそうなので、自分で入れますよ…と言って、MY BAG に入れるときもあります。
それは、レジで後ろに人が並んでないときですが…。

一生懸命丁寧にカゴに入れてくれた商品を、また入れなおすってすみません…と前から思っていた私です…。

プチ自慢

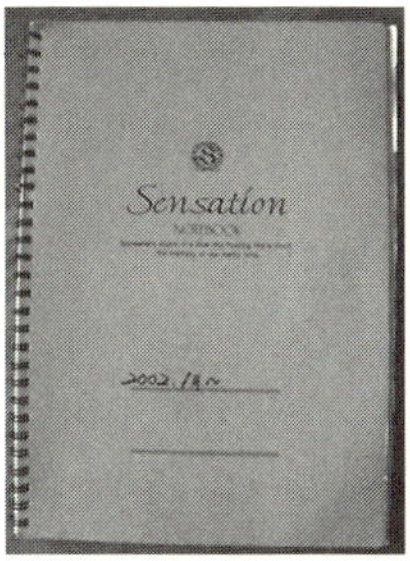

ちょっとプチ自慢させてくださいね
このノートは、結婚以来ずっとつけてる
「献立ノート」の現在使っている物です。

表紙に書かれてあるように、2002 年 1 月からのノートですが、これまでのはまだ捨てずに全部置いてあります。

同じようにずっと家計簿も一応つけてますが、数字見るとクラクラするタイプなので一度も収支決算などはしてません。
ただ、「あれ〜〜〜、給料日前にお金がなくなった…」と思ったときに、家計簿を見ると、「なるほど、これでつかっちゃったんだわ…」と納得するための物なだけです

この献立表、開いてみると１ページがちょうど１ヶ月分、１日１行にして、１〜30日（31日）を端に書き込んでおきます。
だからノート１冊で７年位は使えます。

でも、御馳走なんてほとんど載ってませんよ。
昨日の残りは〈↓残〉として書き込みますし、買ってきた物も、堂々と〈どこのなになに〉って書きます。
頂いたおかずも〈誰それさんから○○〉って書き込んでおきます。
サラダや和え物は何を入れたか、お味噌汁の具は何か、とにかく毎日全部書き込んでおきます。…マメでしょ？　驚いた？？

それにちょこっと**その日の出来事**、例えば「パパ出張」とか、「大阪で友達とランチ」とかも書き込みます。
外食しても「○○でパパは××を、私は△△を食べた」まで書き込みます。
…イヤミかなぁ…
家計簿の方にも、イベントはちょこっと書き込んでおきますし、金額書くのでよくわかりますが。
例えばキップも（○○〜××で往復△△円）と書き込みます。
すると、この**ノート**と**家計簿**の両方見ると、その日のことがハッキリわかる、という具合です。
他にもバッグには私の個人的な**スケジュール帳**が入ってます。
この３冊さえあれば完璧ですよね！！

「パパ不要」と書いてる日は、本当に大した物を食べてないし、…まぁ普段も

そうですが…
「私体調不良」の日は、買ってきたもので済ませたりしています。

パーティーした日は、メニューと共に、欄外にお客様の名前を書いてあります。そうすれば、今度また来てくださった方に、同じ料理をなるべくお出ししないように考えることができますからね。
…とは言っても季節によっては、どうしてもそれが登場することもありますけれど。

お正月、1月のページの**欄外にはおせち料理**を全て書き出して、作った物、買ってきた物（どこで買ったかも書いてます）、好評だった物、不評だった物、を印しておきます。
すると次の年に、不評だった物はもう買わないし、作らない、という目安になります。

「今晩は何にしようかなぁ…」と思いながら、これを見ると「あぁ、今までの今日はこんな物を食べてたんだ…」と思い出したり、その頃は忙しかったなぁ…と感慨にふけったり。
…時々脇道には道草しますが。でも、とっても参考になりますよ。
そう言えばしばらくこれを作ってないなぁ…、とか、そろそろ○○の季節だなぁ…とか。

これさえあれば、完全に我が家のアリバイわかるし、「昨日何食べた？？？？」って記憶の糸を必死でたぐりよせることはなくなります。
その分、逆に老化しやすいかもしれませんね…。

私のプチ自慢でした…

おきばりやす

一生懸命、ミミズや団子虫達と一期一会しながら😊土ほじりに精をだしていたら、お隣の奥さんに
「おきばりやす」
と言われました。

良い言葉ですね。「おきばりやす😊…」
「頑張れ～～～！！」というほどハードじゃなくて、柔らかくって、でも「一生懸命なさいね！」という心が込められて…

「はい！！　おきばりまーーす😊！！」

生きることも、何かすることも、一生懸命考えることも…
万願寺も、ししとうも、前に植えたゴーヤも、バジルも、いろんなお花も、みんな、おきばりやす♥！

皆さんも、お仕事や勉強、家事労働…毎日、忙しいと思いますが
♥どうぞ、おきばりやす♥

くちゃいなぁ…

夏になったら、ゴミが**くちゃい**です～～。（くさいのことです。右から左へ流してください…😝え？　左から右でしたっけ？？？）

特にスイカや、滅多にないですが守山メローーンなどの皮を捨てた流しの三角コーナーがくちゃいです。
スイカの皮はかさばるので細かく切って捨てます。

水気のある間は**水きりゴミ袋**を敷いた三角コーナーに入れて、水気をよく切ってから、さらに新聞紙に包んで捨てるんですが、その間すら、くちゃいのは、待ってくれません。
スイカはゴミ袋の底に汁がたまりますよね…

玉ねぎの皮を剥くときは、あえて洗わないで乾いた状態で薄皮を取り除きます。
それから洗います。
その薄皮は濡らさずに燃える方のゴミ箱に入れます。
他の一度でも洗った野菜は、この三角コーナーに皮やいらないものを捨てて、水気を切るんですが…。それらが MIX されて、困った夏の匂いが出来上がります…

ところで、だいぶ前から思ってたんですが
三角コーナーって、もう少し足の部分が
高くなってたほうがいいんではないかい？？

だって、流しに水を流すたびに、三角コーナーの底に触れてるんだから…。
こちらとしては水気を切ってるつもりですが、どうもそうじゃないみたいですよ。捨てるときにはまだ底が水っぽいもの…どこかの誰かが「足の高い三角コーナー」を作ってくれないかなぁ…。但し、もちろん不安定じゃないものですよ。

ゴミがくちゃくなってしまったので、いろんなことを考えてダラダラといろんなことを書いてしまいました…。

ところで、貴方の家では、夏場のゴミはどんなふうにやっつけてますか？？
参考にさせてくださいね。

アンバランス

セットで買ったシャンプーとコンディショナー
…どうしてもシャンプーの方が早くなくなる。

セットで買った化粧品の化粧水、乳液、クリーム
…どうしても化粧水が早くなくなる。

…使い方がわるいんでしょうか？

みなさんちは、どうですか？

主婦の会話

主婦A「ねぇ、お宅はダブル？　シングル？」
主婦B「なに、うちは布団やけど…」
主婦A「違うヤン、トイレットペーパーの話…」
主婦B「あぁ、そのことか…。うちはシングルやけど」
主婦A「そうよねぇ、シングルやないとあっという間に
　　　一巻きなくなるよねぇ…」
主婦B「そうよ、うちなんか、女の子ばっかりやから、
　　　なんで、こんなに使うの？？
　　　一巻きなんか、ひぇーっという間やわ。
　　　休みの日なんか、さっき換えたと思ったら、もうまたなくなるんよ…」
主婦A「そうよねぇ、ダブルも買ってみたりすることもあったけど、あれはあ

かんわ…」
主婦Ｂ「ダブルなんて、もう絶対によう使わんわ。
腹たつほど減りが早いもん」
主婦Ａ「そうよねぇ、ダブルやから引っ張る長さをシングルの半分にするか、
っていうと、そんなこと絶対にないからねぇ…。カラカラっていつも
と同じ長さ引っ張るもんねぇ…」
主婦Ｂ「そうそう、あれは癖になってるね。
ダブル使ってるとカラカラカラカラで、一丁あがり！ って感じやわ。
あの音は気になるときがあるわ。お金持ちには気にならへんやろうけ
ど」
主婦Ａ「この前、柄入りの綺麗なトイレットペーパーを
スーパーで安く売ってたから、つい買ってしもてんけど、柄入りなん
て、なーーんも関係ないし、それもダブルやから、吐き気がするほど
早くなくなるし、もう、腹たつほどやわ…
お客さんのときだけそれ出して使おうかなぁ、って思ったけど、それ
もなんか悲しいし、ややこしいから、止めたけど…」
主婦Ｂ「トイレットペーパーに柄入ってても、関係ないよ。
どっかで、見たけど、クイズが書いてあったり、なんか雑誌みたいな
トイレットペーパーがあるみたいやけど、勿体なくて使われへんやん
ねぇ」
主婦Ａ「トイレに本持って入る人は一生懸命それを
読みはるんやろか？」
主婦Ｂ「えーー、でもどんどん読んでるうちに
カラカラカラカラってして、トイレの床にいっぱいたまってたりして
ねぇ…」
主婦Ａ「絶対によう買わんわ、そんなペーパー」
主婦Ｂ「それで、『あ、しまった！』って言いながら、
逆に巻き戻ししてたりしてね…」
主婦Ａ「巻き戻しされたのを、次の人がまた使うの？
気持ち悪いわ。

だいたい、巻き戻ししたらすぐわかるよねぇ。なんか、ブカブカするもんね」

主婦Ｂ「そうよ、巻き戻しなんて、よう使わんわ…。

それとペーパーの端を三角に折りはる人がいるでしょ？　私、あれ、嫌いやなぁ…。だって、ホテルの部屋なんかは、お掃除できました、って証明みたいで許せるけど、普通のトイレであれされたら、『えーーっ、まだ手も洗ってないのにこんなことせんといて頂戴よ』って思うわ。次の人使うのに前の人が触った所が残ってるんよ、変やと思えへん？あれがエチケットとか、マナーとかいうのは、おかしいでしょ？　カッコつけてるだけやわ…」

主婦Ａ「そうやねぇ、よく考えたら、不衛生やねぇ…」

主婦Ｂ「そうよ、いつからあんなことし始めたんか

しらんけど、日本だけと思うよ。手先の器用な一般日本人は、折り紙みたいにこんなこともしてみせます！って…。」

主婦Ａ「これから、気ぃつけようっと…」

主婦Ｂ「そうよ、そんなことするから素敵な女性ではないよ。

もっと他の所で勝負せなあかんよ」

主婦Ａ「わかったわ…。今度から三角に折りませんわ…」

主婦Ｂ「それと、生理用品ポイっと捨ててる人が

いるでしょ？　あれは論外やね。

トイレットペーパーでちょっと包むだけでいいのに、そのまま捨ててはる、そんな人に限って化粧台の前でしがみついてたりして…」

主婦Ａ「女として恥ずかしいよね、化粧台占領して、

その後使ったら、毛がバラバラ落ちてたり、水がビショビショに飛び散ってるの…。

めっちゃ綺麗にしてはるけど、信じられへんわ。」

主婦Ｂ「人は見かけで判断したらあかん、

の裏返しやね…」

…主婦の会話は、果てしなく続くのでありました…

04

豊ママ・ファミリー泣き笑い

あは、結婚記念日

今日はたしか32回目の結婚記念日❤
結婚した当時は「25年目の銀婚式には新婚旅行で行ったカナダにもう一度行こうね！」とか、「毎年どこかへ行きたいね」とか、うれしそうにほざいておりましたが（言葉が汚くてごめんなさい…）25年目も、毎年も、全く不可能でしたわ。あははハハ…はは…

でも、去年は遅ればせの30年記念と称して、某旅行社の
「ミステリーツァー」に行きました。
そろそろ二人で旅行っちゅうのもよろしいかな…と思った矢先にやってきたのが母の病気です。

「子育てが終わって、いよいよ遊ぼうぜ！」と思ったら、こんなもんです。介護の問題浮上ってことになります。よく聞く話でしょ？
まぁ、それも運命ってことで、しばらく旅行は諦めて…。

今週はこの前のブログにも書きましたが、こどもの日、娘の誕生日、結婚記念日、母の誕生日、母の日…とゴールデンウィークと共に、我が家は火のついた滑車が大回転してるような毎日
昨日はついに、固定資産税のぶあつい封書がやってきましたよ。グスン…
でも、前から娘の誕生日はこどもの日と近いので合併、母の誕生日は母の日と近いので合併っちゅうことで、１年間の２つのイベントは合併することが可能です。
しかも、息子の誕生日はクリスマスちかいので、これも無理やり合併強行、っちゅうことにして…。
これで、１年のうちのイベントを３つまとめることが可能です。母は何も言わないけれど、子供達からはブーイングの嵐です…。いつも聞こえない振りを

して逃げ続けていますが…。

さて、今日の 32 回目の結婚記念日。
いつもの二人で気取って食事してもねぇ…。
食事のときに、記念の**ダイヤモンドの指輪**でも懐から供出してくれたら、話は違うけど…。

結婚指輪は何故か💀パパも私もつけてませんのよ ウフ…

私は一人っ子

私は一人っ子です。
皆さんは「一人っ子」と聞いて、どんなイメージを持たれますか？
…蝶よ花よ、と育てられ、甘えた、ワガママ…

しかも、私は父が 40 歳、母が 30 歳のときの子供です。
…ますます、蝶よ、花よ、やなぁ…そう思いますか？

とんでもない！

両親とも、年取っての一人娘。
それゆえに「一人娘としてちゃんと育てなくては…、とんでもない人間にならぬように」と
それはそれは、ものすごく厳しくしつけられました。

同級生にやはり一人娘さんがいてはりましたが、その人は、私から見て小柄で、フワフワしてて、かわいらしく「お姫様…」というような雰囲気。

「パパと腕組んでお買い物…」とか、欲しいと思った物は全て手に入れてる…とか。
「お姫様やなぁ。同じ一人娘なのに、どうして…」と思ったことは何度もありました。

しかも、4月4日生まれだから、クラスでも学年でも一番早くお姉さんになりますが、中身はたいしたことないのに、今でも級友に「お姉さんだったねぇ」と言われます。
きっと、それなりに両親に一人でも生きていけるように、鍛えられたのではないかなぁ…と思ってはいます。

私の父は**明治時代の化石のような人**で、「よし」か「あかん」のどちらかしかありませんでした。

欲しい物があっても母に頼むように願い出て、父の機嫌のよいときに、遠まわしに軽く言ってもらって、そのときに「あかん」だったときは、そのことは二度と口にしてはいけない。
それをまたちょっとでも言うと、ひっぱたかれる…。
「ひつこい！！」の大声での一言。

テレビ見たくても父にもちろん優先権があり、それを横に座っておとなしく一緒にみなければいけない。お笑いなんてとんでもない！
ご飯のときに、先に食べ終わっても、横でガサガサしたら叱られる。

学生の頃、毎月の小遣いも、父の部屋に行って、「お小遣いいただきにきました」とはっきり言って、そのように、ちゃんとお願いして、やっと、手渡しでいただく…。

友達と会う場合も、「誰とどこへ行って、いつまでに帰る」ことをきちんと説明して、もし遅くなったら、カギ締められる。

門限は高校までは７時😱、それ以上は、よほどのことがない限り９時…✋
私には直接言わなくても、母を「遅い！　教育がなってない！」と責めたてて
しまうので、母も気が気でなくなって、門限時刻には家の外で待っている。
道を曲がると家の前に母の影が仁王立ち。
パパも幾度となく、エライ目にあいました。

着る服も、父の前を通ったときに気に入らないと叱られる。

今思うと、上手に表現できなかった人だと思います。

「女、子供は黙っとけ」と言って、母の言葉も私の言葉も聞く耳持たずでした。
でも亡くなる前、最後にもう駄目だというときには
「○子（母の名前）のことを頼む…」と言ってました。

しかも、その母も厳しい人で、親に向かって減らず口をたたこうものなら
口の横をひねりあげたり、
暗い納戸に閉じ込めたり、
手の甲にヤイト（もぐさに火をつけるアレです）をしたり、
口をきいてくれなかったり、
ご飯を作ってくれなかったり、
きっと、父との軋轢が私にもむかっていたんだと思います。

だから、私の実家では夫婦喧嘩を見たことがありません。
父が一方的に強い人で､母は下僕のようにひたすら言うことを聞いていたから。
だから夫婦喧嘩にならないのです。
夫婦喧嘩は夫と妻がある程度対等な意識がないとできないものですからね。

私は姉妹兄弟がいないので、きょうだい喧嘩もしたことがありません。
わたしの子供達が喧嘩してるのを不思議そうに見てる私がいました。ちょっと
うらやましかったです。

未だに喧嘩は仕方がわからないので、パパともしたことがありません。…これはノロケではなくて、私が喧嘩の方法を知らないのです。

そして、友達とも喧嘩したことは全くありません。
向こうが私にあきれて去っていくか、いつの間にか疎遠になってしまうか…でも、未だに小学校の友人と付き合っています。
とにかく、**喧嘩を知らない、喧嘩ができない人**なんです。

大体、一人っ子はとろこいです。…一人っ子さん、ごめんなさい！
なんでも一人に与えられるから、競争して取り合うことはありません。
だから、みんなでオヤツというときも、ボケーっとして食いっぱぐれることもあります。

だいたい、一人っ子は**競争心が欠如**していると思います。
わたしにおいては皆無かもしれません。
「負けず嫌い」と言う言葉も、私の辞書にはありません。
ゲームしてもスポーツしても「負けてくやしい」とか思わないから、悲しいかな、あまり上達しませんね…。

そして、一人っ子は一人でいることに慣れています。
絵を書いたり、本を読んだり、何か作ったり…、とにかく一人ですることはOK です。
もしかしたら、これは私の人生に役立ってると思います。

その反面、「皆で一緒にする」ということに慣れてません。
よく一人っ子は協調性がない、とか言われるけれど、それは慣れてないだけだろうと思います。

大体、一人っ子は運動も苦手です。
特に私の場合、家の階段の三段目位から飛び下りようとしたら、父が母に命じて、下に布団を敷かせたそうです。

それほど大切に思ってはくれてるんですが、若い頃は私の願っている親の愛情とは違い過ぎました。
今となってはいろんなことがわかるんですが、その頃はまだ若くって、夢が大きすぎました。

一番大切なことは、一人っ子である私は、両親に何かあったときは、ぶっ飛んで行って処理せねばなりません。
父が病気（胃がん、大腸がん、人工肛門、人工透析、パーキンソン…）のとき、ちょっとボケてきて、行方不明に２度もなったときは、夜中に茨木から堺へとんで行き、警察に捜査願いを出したり、一晩中まんじりとせずに母と待ってました。

そして、父が亡くなり、今度は残された母が入院や手術するときは、全てが私の決断です。
主人に相談はしますが、決めるのは私の役目です。
これからは、もっと私がいろんなことを決断していかねばならないことでしょう。
それと、母のサンドバッグになること。
誰にも言わない、誰にも言えないことをひたすら聞いてあげる役です。

父の最期のときは、もう危ないと言うときから、「お寺のこと、お墓のこと、お通夜のこと、お葬式のこと、何もかも」全て母から任されていましたので、次々としなくてはなりませんでした。
「今までお父さんの世話をしてくれたんやから、これからのことは私が全部するから、座っておいて」
私の家族が協力はしてくれましたが、多くのことを決めたり、交渉したり、お願いに行ったりは私の役目。

一人っ子って結局その辺りが一番大変だな、と思いました。
こんなときに本当に一人ぽっちだと、とっても大変だろうなぁ…とつくづく思いました。主人や家族が居てくれて、心強かったです。兄弟姉妹がいるとどんなに分担できるだろう…と思ったこともたくさんあります。

多くの人が抱える介護の問題なども切実になってきます。

でも、とにかく一人っ子は、何をするのも一人でしなくてはいけないのです。
一人で頑張るしかないのです。

一人っ子で良かったことも、もちろん数多くあります。他の人から見て「いいなぁ…」と思われるようなこともたくさんあります。
でも、一人でしんどかったことも、本当にいろいろあって。

私の生き方に**「人生プラマイゼロ」**というのは、こんな所から出発してるのかもしれませんね。

一人っ子にも、いろいろありますから、一概には言えませんが、案外一人っ子はいざと言うときに、「頑張れる人」かもしれません。
「一人っ子」を特殊な目で見ないでくださいね。

大きな夢に向かう娘と私

今日は娘の 28 回目の誕生日です。
あっという間に 28 歳にもなってしまいました。

28 年前の今日、ようやく産まれました。

予定日（4月27日）も見事に過ぎ、
ゴールデンウィークもアレレと過ぎ、
その間ひたすら病院の屋上を歩いて歩いて…
足にオマメサンできそうでした。

それでもまだまだ…

でも夜中に破水して、12時間かかってようやく。
でも見事な逆子で、なんとお尻から体が二つ折れになって出てくる、専門用語では「第２複殿位」というとっても珍しい自然分娩でした。
もうちょっとで、帝王切開になるところでした。
頭からツルっと出てくるのと違って、とっても幅広くかさ高く出てきちゃいました。
しかも、珍しい逆子の自然分娩ということで、堺労災病院の看護学校の学生達がズラッと大勢見守る中で、先生が「これは、第２複殿位という…」説明までされて。
「オイオイ、やめてよォ👊！」と叫びたくなる状態、でも痛くて辛くてとってもじゃないけどそのときは阻止できませんでした。
ようやく生まれたときにはへその緒が首に１回巻きついてたし、紫色になって蘇生術１分間、保育器に入れられてました。
体重は3,440ｇ、身長51cm。
私は体重17kgも増えて、「えっ、たったそれだけ？？」という感想です。

額と目の上に赤い痣があって、これは小学生くらいまで残ってました。暑い日、興奮したときなどにはかなりはっきりと出てきてました。女の子なのに、可哀想…と思っていました。

よく妊娠中に火事を見ると痣ができた子が生まれる、と聞いたことがありますが、キッチリ火事を２回見てました…。
生後１ヶ月ほどして、検診に行ったら、「股関節がおかしい…」と言われて、調べていただくと、『股関節形成不全』ということで、紹介いただいた兵庫県須磨にある「兵庫県立こども病院」に行って、股関節を固定するベルトをつけられて、数ヶ月間、M 字型に足を開いた状態で暮しました。
しばらくはお風呂に入れられなくて、体を拭くだけでした。
毎月こども病院に通いました。
ベルトが外れたときには、本当にうれしかったです。

それからも、いろんな病気になって、毛布にくるんで、夜中に病院に走ったり…。

娘は小さい頃本当によくピーピー泣いてました。
写真なども一緒に遊んでる友達にいじめられて、泣いてる写真ばかりです。

幼稚園の年中組に入園しましたが、毎日つけていってる髪止めがなくなるんです。
お迎えに行っても泣きながら帰ってくる状態で、これはどうしたものか…と毎日私は悩んでいました。
同じクラスの強い女の子に毎日髪止めを取られていたんです。相変わらずメソメソ泣いてた子供でした。

年長組になる前に引っ越して、家の近くの公立の幼稚園に替わりました。最初はやはりいじめられて、男の子達にプールの陰で髪の毛をはさみで切られて、あまりのことに驚愕しました。担任の先生にも何度も相談したり、男の子達にお話したり…。

ところが、ある日から、本当に何がきっかけかわからないんですが、突然娘はすっくと強い子になったんです。
それまでいじめられてた男の子達を従えて、幼稚園狭しと走り回るようになりました。
みんな娘を「隊長！」と呼んで下僕のように娘の後をついて回りました。

子供って変身するんだ！
こんなに泣き虫でイジイジしてた子が、ある日を境に、こんなに強い人間になるんだ！

それからは、高校卒業するまで皆が道を開けるほどでした。「豊田さまが通られる」ってイメージです。
別に恐ろしい番長ではありません。
児童会の副会長やら、積極的にいろんなことをしてました。
クラスの中でも、学年でも、何かと言うと「豊田さんの言うとおり」の状態でした。

そんなに目だっていたので、6年生になった頃、「あんたが来たら、いじめてやるから覚悟しときや！」という地元の中学生からの通告を受けて、これはとんでもないことになる、
と私立の中学の受験を決意しました。
大阪千里にある「千里国際学園」という帰国子女のためのインターナショナルスクールです。
1学年45人中、日本の普通の教育をうけた者が15人入れる、30人は帰国子女、という変則的な学校がその前の年にできたので、そこなら面白いかも…と受験勉強もほとんどせずに無謀にも受験。合格発表の日に、私はオイオイ泣きながら「ここからこの子の運命は大きく変わる」と確信しました。

本当にその日から娘の人生は思いもかけぬくらい私達の元から離れて行く方向に進んで行きました。

高校2年の9月から1年間、アメリカ五大湖のひとつ、エリー湖のそばのワッツバーグという小さな町の高校に交換留学で行きました。本当に隣の家と何マイルも離れてるようなアメリカの田舎です。
日本人はおろか、東洋人すら見たこともないくらいの人々の住む田舎の町（村）で、時々えらいホームシックに落ち込みながら頑張りました。

この交換留学に際しては、こちらから電話などしないように、もし、子供が日本語で電話でしゃべっていたら、向こうの家族は何か悪口をいわれているのではないかと心配するから、緊急時以外は電話しないように、またもちろん訪ねることもしてはいけない、…という風なかなりハードな留学でした。
それでもたまに家族の許可を貰って電話をしてくることがありました。
楽しい報告もありましたが、泣きの涙で「うううう…、もう帰りたい…」というときもありました。
でも、「何を言ってるの、自分が望んで行ってるんじゃないの！」と厳しい返事をしたこともありました。
手紙はしょっちゅう送られてきて、写真も同封されていて初めて「えっらい田舎やねぇ」と思うほどでした。

東洋人すら見たことのない田舎の人々の中で最初はホームシックになって泣きなき暮したそうですが、皆さんにも可愛がられて、友達もいっぱいできて、帰ってきた頃は、かなりプックリ太って楽しい思い出をたくさん詰め込んで帰国しました。
向こうの高校でも白いガウンを着ての卒業式に出て、帰国しても在学している高校で卒業式に出て、２回高校の卒業式にでています。

そこで皆さんが楽しみとしていたことの一つが「映画を見に行く」ことだったそうです。
もちろん、車で行けば、湖やモールもあり、映画館もあり、賑やかな所にたどり着けるそうですが、普段は静かな村で、実に温かい人達に囲まれて過ごしました。
しょっちゅう親戚のオジサンに映画に連れて行ってもらった娘は、そのときに「映画」というものは、世界共通の娯楽、人々が心から楽しむ物だと感じたそうです。

その後、そのときの経験がきっかけで「映画の勉強がしたい」という大きな夢を持ちました。日本の大学にも『映画学科』というのはその頃もありましたが、映画を作る方が主で、映画学という学問に取り組もうとするには、少し物足りないようでした。
今あちこちで「映画学」を学ぶことのできる大学が増えつつありますが、そのころはなかったように思います。だから、本場の映画学を学ぶ為にアメリカの大学に行きたいと熱望しました。

あまりに熱意満々なので、とりあえず娘と2人で、安いツアー（航空運賃と場末のホテル代だけのもの）でLAに行って、希望している大学（UCLAと南カリフォルニア大学）をバスを乗り継いで訪ねました。
二人で旅行するのは初めてで楽しかったです。
どちらの大学も大きくて綺麗で、見学だけでも楽しかったです。
「こんな大学に入って楽しそうな生活を送ることができれば幸せだなぁ…☺」と、私でも夢見てしまいそうな素敵な大学でした。

私は高校の頃、インテリアデザイナーになりたくて、両親に許可を求めていろいろの算段をしましたが、「お嫁さんに行かせること」こそが母の夢でしたので、結局許可されず、普通の大学生になりました。大学を出た5月に結婚したので母の夢どおりです。
そのときの「夢を持ちながら、親が反対した」ということが未だに悲しい思い出になっていますので、**子供ができたら「何がなんでも子供のどんな夢でもかなえてあげたい」**と思って、子育てしてきました。

もし、あのときに親が許可してくれて、美大に入れていたら、今の生活はなかったかもしれません。ここでブログにこのようなことを書いてなかったかもしれません。もちろん、パパと知り合うこともなかったかも…。ね？

その頃、近所のレンタルビデオ屋さんで働きながらアメリカの大学受験の為にたった一人でひたすら勉強していました。冗談でも「日本のどこかの大学へ行って欲しい…」という話はできないほど、一生懸命で夢中でした。

希望するアメリカの大学に行くにはかなりの TOEFL の得点が要ります。
年に２度、あちこちの会場で試験を受けて、一番良い点を願書に添えることができますので、受験する度に前より良い点を取ることが必要です。

希望大学からは「最低○○点以上の TOEFL」という指定があります。
それが取れないと大学の門は閉ざされたままです。アメリカの大学は入るのは簡単、とは言いますが、日本の受験とは違うと言う点ではそうかもしれませんが、まず希望の大学に願書を送ることすらできないのです。外国人には数学も健康も、しかもその大学に入りたい熱意も問われます。

願書等はかなり込み入った大変なものですから、バイトから帰っても夜遅くまでパソコンに向かってのキーボードを打つ音がしてました。

レンタルビデオ屋さんでのアルバイトは自分の夢につながる仕事なので、大変力を入れて、店のお薦めビデオのコーナーの配置換えなどもさせてもらえるほどに、店では重宝がられていました。とにかく映画が好きで、好きで、そんな好きなものに囲まれるのは幸せなことです。

彼女の毎日はただただ、夢を追いかける、夢の実現に向かってまっしぐらにひた走るものでした。

秋頃、アメリカの幾つかの大学に願書を出しました。
一番の希望は UCLA と USC（南カリフォルニア大学）、両方二人で訪ねた大学です。

娘の留学に関して、私の母は「あの娘が一番綺麗で輝いているときに手元に居ないのはいやだ」と言って反対していましたが、その気持ちはよくわかりますが、それを理由に反対するのは親のエゴであって、子供がどこかで輝いてくれていたらそれは親の喜びだと思います。
とは言っても、あちこちで母娘が一緒に買い物したり、ランチしたりの姿を拝見すると「しまった…」と思って寂しかったことも事実です。
パパは「昔なら地方から東京の大学に行くぐらいのもんでしょ」と実にお気楽。
とってもそっくりな性格、行動パターンの父と娘です。

その頃私の父の具合がさらに悪くなって、
実は息子も高校受験で、本来ならば私も一生懸命になりそうな子供２人の大学受験・高校受験には、あまり母親としては構ってやれませんでした。逆にそれはそれで良かったかもしれません。

結局次の年の１月終わり、父が亡くなりました。
お通夜の席にまで、その後すぐに私学受験があった息子は参考書を持ち込んでいました。

それからも葬儀や実家の後片付けしているときに、息子の合格発表の電話がありましたし、そして、ある日、分厚い封書が娘宛に届いて、念願の「南カリフォルニア大学」の入学許可証が我が家にやってきたわけです。

どちらもピーヒャラ踊り出したいほどの喜びですが、あぁ、これで娘は私の元を離れてアメリカに４年間も行ってしまうのだなぁ…と感慨深いものを感じました。
しかも、もしかしたら４年で済まないかも…。もしかしたら、このままずっとアメリカに行ってしまうかもしれない…という気持ちもありました。
「ええぃ、アメリカに嫁にやったようなもんや！！」と覚悟を決めました。

夏の暑い日、関空から大きなトランク３個持って、友達や家族に見送られて、彼女は自分の夢をさらに大きくかなえる為に、たった一人で出発しました。

私は一週間ほど彼女の脱ぎ捨てたパジャマを握りしめて泣いてました。

あんなに大きな国へ大きな荷物と共に、たった一人で武者震いしながら乗りこんで行った娘が、これからどのような人生を歩いて行くか、心の底から応援したい気持ちと、でも、うれしいような寂しいような複雑な気持ちで爆発しそうでした。

彼女の大学生活、その後の生活が始まりました。
アメリカの大学では、それはそれはハードな勉強の毎日だったようです。

結局大学を卒業して、その後、いろんな人達と知り合い、その関係から今の映画制作会社で仕事するようになりました。そして、その会社で知り合った34歳の南アフリカ出身の白人男性と結婚することになりました。

娘もブログを時々書かせていただくようになりました。
「豊マナ LA LIFE!!!」というブログです。

娘は今ロスアンジェルスで暮しています。
今では遠い国でたった一人でいろんな目にあいながらも、とりあえずイッチョ前に外人に囲まれて丁々発止と頑張って仕事をして、それでも毎日楽しそうな生活を送っているようです。

彼女はよく遊び、よく学び、よく食べ、よく動き、よくウタタネして、よく働いて頑張っています。
ブログで見ると、外国でいろいろ遊び回っていて、「いいなぁ…」と思われるかもしれませんが、ここにたどり着くまでには、一生懸命頑張ってきたからだと私は思っています。

生まれてから一緒に過ごしたのはわずか18年間ぐらいでしたが、娘は今は私の大親友で、もう私の保護者みたいで、そして、お互いが最高の応援団であると確信しています。

さて、これからどのような人生を送ってくれるのでしょうか…。

でも、この娘のお陰で私も面白い経験をいっぱいさせてもらったと感謝しています。

今日 28 歳になった娘と私との思い出話を、今日という日にまたまた長々と書いてしまいました…。

母の手作り作品

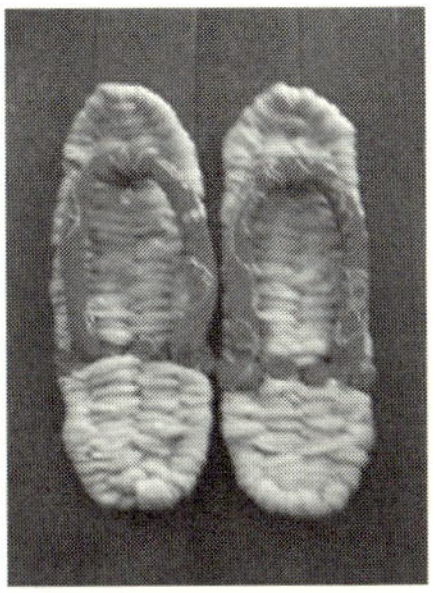

この布ぞうり、御存知ですか？
私は 3 年前に最初デパートで気に入って購入。
夏はとっても気持ちいいし、お気に入りでしたが、
毎日はいてるとボロっちくなってきたので、
母に「こんなん作ってよう…」と言って
甘えました。

昔から手芸全般はお得意で、私の服や小さい頃の娘のワンピースなど作ってくれていましたので、ロックミシン、普通のミシン、裁縫箱と並べて一日中何やかやとしてる人で、
最近はそれに**「ボケ防止」**という大きな名目もあって、いろんな物に挑戦しています。
手先を使って、頭を使って、
はボケ防止に最適だそうです。
私もボケ防止に是非役立ちたいし、甘えたいもんで、次々といろんな提案し続けです。

この布ぞうり、作るにあたって、ボロっちくなったぞうりを解体するほど、母は日夜研究に研究を重ね、京都駅近くのカルチャーセンターまで習いに行った

り、本を買って研究したり…。

それで、布ぞうりには、古くなったTシャツが一番作りやすい、と言うことになり、協力する気持ちでいろいろ提供して、いっぱい作ってくれました。
古い夏のワンピースも裂かれましたし、シーツも裂かれました。細く裂かれた生地が部屋中にあふれました。

母は作り出すと、家内工業みたいに一日中作ってます。
部屋はまるで縫製工場みたいになります。
ゾクゾク次々に出来上がります。
出来上がった布ぞうりはパパにもいとこ達にも愛用されています。

布ぞうり、最近はあちこちで講習会などが開かれて、
沢山の人が習いに行ってはるようですね。
私もちゃんと母に習っとかないと、と思っています。
これって本当に気持ちいいですよ😊!

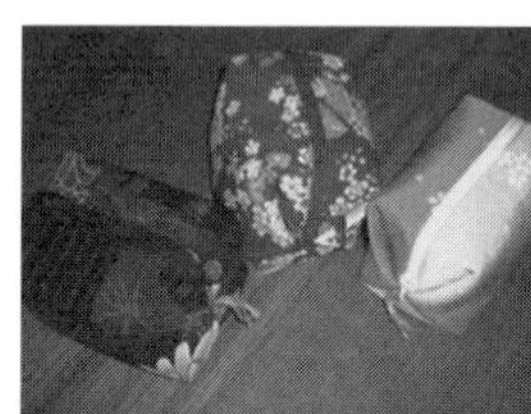

今年の冬、母は入院する
前日までこれらの布の
ポーチを作って、作って、
作り倒してました。
私のお友達にももらっていただいてました。
これも本見て、研究して、布を買いに一人で
京都烏丸の生地屋さんに出かけて、今も退院してから作れるように生地を切った状態で山のように積んであります。
主の帰りを待ってます。

他にも手織りのショールを「さおり織り」という織り機で作って、ドンドンできた作品を皆さんに差し上げたりバザーで売ったり…。何を作るのも、本当に爆発したように作るので、山のように作品が出来上がります。

究極のボケ防止にとしていたものは、これ、ジグソーパズルです。
1,500 ピース～ 2,000 ピースのお花柄のパズルを作り続けて、
部屋の壁じゅうにあふれかえって、伯母に贈ったり、自治会館に
飾ってもらったり…。

とにかく、
「そんなにむきにならなくても…
ゆっくりすれば？」というほど
頑張りやさんです。

嵐の誕生日

今日はわたくしめの誕生日です。
「おかまの日」だということは御存知ですか？
あの、カルーセル麻紀ねいさんが、
3 月 3 日の女の節句と、
5 月 5 日の男の節句にはさまれた
4月4日を「おかまの日」にしましょう！！！

と叫んでくれたもんで、今日のわたくしめの誕生日は「おかまの日」といつのまにか設定されてしまいましたよ

今日めでたく誕生日を迎えるのは、細木数子、照英、桑野信義、あき竹城。
なーーんて豪華！！な顔ぶれ！！　迫力満点です。

この季節、春らしい良い天気のときは意外と少なくて、春の嵐、大嵐のときが多かったですね。桜も咲いてはいるけれど、嵐の中で枝にしがみついている。

可哀想な、痛々しい気持ちで見ていました。
生まれたときに灯された**1本のろうそく**があって、それがずっと燃え尽きるまでが寿命だという話や映画を見たことがあります。
私のろうそくは、今日現在どの位残っているんでしょうねぇ…。

今年の誕生日は…
ちょっときつい誕生日になってしまいました。
長い一生ですから、めちゃめちゃHAPPYなテンション高い誕生日もあるし、悲しいしんどい誕生日を迎えるときもあるでしょう。

誕生日はこの世に生まれたことを感謝する日。
この世の中で、この両親を選んで生まれ出たこと。

「産んでくださってありがとう！！」

喧嘩？

今日のコガナナ、パパは鼻声でしゃべってます。
監督不行き届きで、申し訳ないです…。

ところで、今日のテーマ、「仲直りの方法」。
我が家は今年結婚32年、パパが放送で何と言ったか、私は朝からバタバタしてたので聞き逃しましたが、うちは喧嘩はしなかった…？？
殴り合いも、罵りも、ほとんど記憶にありません…。
記憶が飛び散ってしまったわけではなくて、本当に喧嘩と言う喧嘩はしたことがありません
ただ、結婚したての頃、何が原因かわからないけれど、私はなんだか無性に腹

が立って💢、「ちょっとココに来て！」と言って、**枕でバコーーンと殴った**😱という思い出があります。

パパ、ビックリの巻です。

パパは一度も手を挙げたこと👊も、星一徹のような「ひっくり返し」💢もないし、大声で怒鳴ったこともないし…😱

私は感情の起伏もかなり大きくて、泣いたり、笑ったり、怒ったり、めまぐるしく変化してますが、パパは「たんたん病」と呼ぶほど、どんなときでも淡々とし続けています。

『淡々病』…冷静沈着な人がかかる病気です…😝
だから、病人相手に喧嘩にならない…。
一人でカッカしてるのもアホらしくなるのです…。

ちぇっ、つまんないの…　…過激派の豊ママです。

これから先、何年、何十年一緒に過ごせるかわかりませんが、たぶん、よほどのことがない限り、喧嘩はしないだろうなぁ…。

そのときはパパは『淡々病』克服のときでしょうか？？
そんなん…治っていらんわ…

息子に叱られた

私は**「香り」**が好きです。
だから、必ず香水（オーデコロン）をつけてます。
今好きなのはCHANELの「CHANCE」という香りです。

そして、家の中でも時々**お香**を焚いてます。
お客様のときは、玄関にひとつ、リビングにひとつ、階段にひとつ。
好きな香りだから、私には心地よいのですが、息子に叱られます

「焚き過ぎ!!!」だって…

これらがお香立てです。
いろんな形や材質があるでしょ？
お部屋の雰囲気で
選んでいます

これらは最近手に入れた**「和の香り」**です。
藤・水仙・ザクロ・もみじ…ところで、
水仙以外、香りってあったっけ？？？

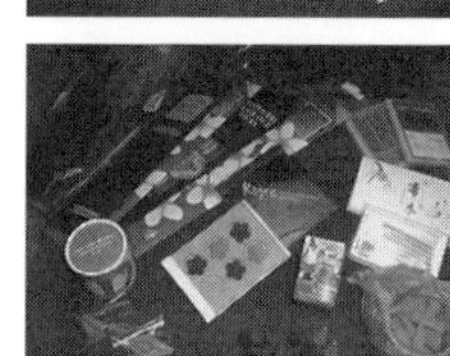

焚き過ぎて叱られたのは、**桜の香り**です。
今の季節、家の中桜の香りで
いっぱいっちゅうのは、いいやんか！！！
ええ感じやんか！！！

君が癒してくれないから…香りに癒して貰ってるのさ！！！
今度、家中をモクモクさせてやろうっと！！

119番しないでね

極めて平日

ゴールデンウィーク。
今日も、ただただ、普通の日を過ごしております。
極めて、平日…。粛々と…。

パパもお仕事、お仕事…

洗濯して…
それを干して…
猫にエサやって…
猫砂の掃除して…
部屋の猫毛がフワフワしてるのを掃除して…
観葉植物に水やって…
新聞読んで…
ゆららと遊んで…
ご飯作って…
洗濯たたんで…

この5月、いろんなところからの郵便物が我が家のポストにも知らん間に入ってくださっていて、開封せずとも、かるーい眩暈がしますが…

それとは別に7日は娘の誕生日…内緒ですが、なんと28歳になってしまうそうです…。
えーー、いつのまに…。

8日は私達の結婚記念日…気がつけば、32年。
（たしか…たぶん…うーーん、わかんないや！！　だいたい、妻が結婚記念日をうろ覚えっちゅうのは、変ですねぇ…いえ、記念日は知ってるけど、何年経ったか覚えていない、というのは、やはり数字に弱い、という大きな欠陥のせいでしょうか…）

10日は、今も病院でベッドに横たわっている母の84回目の誕生日…。

昔はこれにゴールデンウィーク、こどもの日、っちゅうのがあって、（どこのお宅にもありますが…）
とにかく、どっかへ行って、何か買って、喜々としてワサワサ動いてました。
すると、「(ﾟペ)ありゃ？りゃ…どこ行くねん」と羽根が生えた紙切れがバサバサと我が財布から飛び出して…
今思えば、それなりに楽しい日々でした…。…でも、そこへ税金や保険などの封筒が次々と来た日にゃあ…。

そりゃぁ、**眩暈**も**立ちくらみ**も**吐き気**もしますわなぁ…
だから、5月は心して粛々と暮そうと思うわけですわ。

最近はこどもの日なんか、「知らねぇ、なんだ、それ？？？」と見ぬ振りして通り過ぎ、「ゴールデンウィーク？？　なんだ、それ？？」とカレンダーを見ぬことにして、「娘の誕生日？　アメリカは遠いのが幸い…」と心からほっとして、「結婚記念日？…いつもの二人でご飯気取って食べてもねぇ…」とパパの提案をかるーく流し…

ただ、今年の母の誕生日は、心して迎えてやりたい、と思っているのです。

極めて平日モードの私ではございますが、それにしても、さわやかな、いい天気でございますこと…。

皆様、いっぱい楽しんでくださいね
今日と言う日は、二度とやってきませんから。
子供と過ごした様々な思い出は、何よりも大切な心の宝物になりますよ。
それは確かです。

わたしが　ゆららです

わたしが新しいにゃんこの
ゆららです。
今年の3月3日、京都で生まれました。
4月ころから草津のコーナンの中のペットショップで暮らしていました。
7月の暑い日にある母娘連れがやってきて、なんだかとっても気に入ってくれて、7月30日に買ってくれました。
売り場の人達は**「とっても元気だし、ヤンチャだし、おっさんくさい猫ですよ」**と太鼓判を押してくれました。

それから3ヶ月、あまりに暴れたので**階段**から落ちたり、**棚**から転がり落ちたり、**お風呂**に落ちたり、極めつけは雨の日に**3階屋上の手すりの間**から落ちたことです。

そのときは悲しくって痛くって濡れたからだをペロペロ舐めてましたが、すぐにお医者さんに連れて行ってもらって、痛い注射を3本もされて、絶対安静になりましたが、次の日にレントゲンを撮ったら、**突き指**だったので、2日程おとなしくしてましたが、3本の足でまた走り回って、おどかしちゃいました。

趣味は食べること、でも朝7時頃と夕方5時頃の2回のカリカリごはんだけ…もうお腹のお肉がプヨプヨしてるから、我慢させられてるの…。

でも、あんなに家中を走り回って（お母さんは「爆走してる」と言うんですが）とってもとってもお腹が減っちゃいますよ。仕方がないので、寝ちゃいましょう。

これからも時々登場させられますが、
どうぞよろしくお願いいたします

ねずみ小僧

相変わらず**いたずらなゆらら**は、
常に私の周りで何かやらかしてくれます。

ごはんの後片付け中、流し台の下の扉を
開けてたら、きっちり入り込んでいました。

入ったはよいのですが、出れなくなって
バタバタとお鍋などを踏み分けて
出てくる途中です。

押入れを開けてると、
ちゃっかり一番上の段の布団に座り込んでいます。それをうっかり閉めてしまって、「ゆらら〜〜〜！！」と大騒ぎで探したこともあります。

ねずみ小僧みたいに音もなくあちこちに出没。
いっそ、**札束**でも置いていってくれたら、いいのにねぇ…

可愛いカップル

昨日病院を抜け出して**アヤハ**に行きました。
アヤハに行ったら、足は必ずペットコーナーへ。
ニャンコのところは私の楽しい憩いの場所です。

アヤハには、珍しく今ニャンコが４匹もいます。
ベンガル、アビシニアン、…（忘れた…）そして、

とっても可愛い顔した、
メスの小さなアメリカンショートヘアー

この子が一日中ケースの中をはしゃぎまわっているんです。もう、無邪気そのもの。
自分のシッポを追いかけてたり、跳んだり跳ねたり。
トイレ砂の中でも暴れて入ます。
この２月に産まれて今が一番かわいらしい時期なんですが、それにしても可愛すぎ！！！！

昨日も相変わらず跳ねてました。…一度見に行ってください、トリコ確実！！

そのケースの前に、一組の**若いカップル**が、小さな笑い声をたてて
ずーーーっと立っています。
私も最初はベンガルなどを見てましたが、本当の視線は、やはりこのアメショー。少しずつ近づいてそのカップルの横に行っちゃいました…

なんとなく話し声が聞こえてきます。

彼　「やっぱ、猫がかわいいで」（そうそう！！）
彼　「見てみ、この手、広げてるヤン…」
　　（たまらんでしょ？？？？）
彼　「わぁ、自分のシッポ追いかけてるやん…」
　　（これが、タマラン可愛さ！！）
彼　「な、**お前もこの子みたいにならんとあかんで…**」
　　（え？　猫が目標？？）

20 歳くらいの男の子はあごにヒゲを生やしてるなかなかのイケメンでしたし、女の子は、綺麗にお化粧してるけど、笑顔が可愛い女性でした。
二人で「クックックッ」と笑いながら、跳ねてる赤ちゃんニャンコを見続けていました。

オバサンは

「猫好きなの？？」

ついに、そのカップルに声をかけちゃいました

彼女　　「そうなんです。さっきからもう 10 分くらい、
　　　　ここにいるんです…」
彼　　　「俺は猫がええ、って言うてんねんけど、こいつは
　　　　犬がええ、っていうねん…」
オバサン「猫は楽だよ、お散歩もしなくていいし、体臭も
　　　　ないし、いつも自分で体を舐めてるから、綺麗だし、おしっこもどんなに赤ちゃんでも必ずその砂の中にしてくれるし…」
彼　　　「賢いねんなぁ、やっぱ、猫がええなぁ！！」
　　　　…
　　　　…
　　　　…

彼　「おれ、この後姿がめっちゃ気に入ってるねん…」

そういったときになんということでしょう！

ケースの中のアメショーは、こちらにやって来て、彼の目の前でチョコンと後ろ向きに座ったんです。

彼・彼女　**「ひゃーーーーーー！！　可愛い！！！」**
オバサン　「すごい！　この子に気持ちが通じたよ！！」

もう彼も彼女もニコニコもんで、ケースを覗きこんでいます。もうこれ以上お二人の邪魔をしてはいけない、と思いました。

オバサン　「私は消えますから、ゆっくり楽しんでね！！」
彼・彼女　「ありがとう、さよなら！！」

病院通いでなんだか気の重い毎日から、ほっと心が解放されたような、温かい気持ちになった、私にとってうれしいひとときでした…。

ニャンコ好きな可愛いカップルに出会って、
わたしゃ、ホントうれしいよ

ちなみに、これはゆららの
後姿です。　参考までに…

ちょっとゆがんでいるのは、
私が横から「ツンツン」って
突っついたからです…

猫の脳みそ

こんなに小さい脳みそなのに、、本当にわずか○○ｇくらいの脳みそなのに…

ニャンコの脳みそって大したもんだ
って毎日思っています。

これはワンちゃんにも、ハムちゃんにも、カメちゃんにもいろんな動物に当てはまると思いますが…。

例えば
洗濯機のブザーが鳴り終わったら、
我が「ゆらら」は階段ダッシュ！≡≡≡ヘ (*--) ノ
もう「この洗濯物を階段昇って干しに行く」って解ってる…。
この小さな脳みその中に、**ブザー＝階段＝外に出れる、**という「パブロフの猫」のような記憶という回路がピシっとつながったみたいです。

例えば
私が化粧を終えて、バッグを持って立ち上がると、
玄関に向かってε＝ε＝ε＝ε＝(;-_-)/ ゼンリョクダッシュ
ママはもうこれからお出かけする。
玄関から出て行く…。
ついでにスキマからお外に出れるかも …と記憶がつながって、ドアのスキマを虎視眈々とねらっています。

例えば
悩んでるとき、
悲しくて泣きそうなとき💧

ゆららは何も言わずに必ずそっと側にやって来て、
体の一部を私のどこかにほんの少しだけくっつけて
じっと見上げています。
もししゃべることができたら「大丈夫？」
と言ってるように。

例えば
洗面所に行って顔を洗ってると足元でじっと見上げています。
お湯が好きなゆららは、いつも顔を洗ったついでに新鮮なお湯を水入れにいれてもらえると、ちゃんと解っているんです。
お湯を入れてやると、ひとしきり「ペチャペチャペチャ…」と小さなピンクのベロでなめるように飲んで、その後はどこかへすっ飛んで行ってしまいます。

例えば
車でブイブイ言わせて帰ってくると🚙
玄関のドアを開けたときにちゃんと内側に座っているんです。
ビックリです。いつも中を窺いながら入らないといけません。これは私のときだけで、パパも息子もそんなお迎えをしてもらっていません…
ちょっと自慢😊？！？
私のブイブイだけが**特別の騒音**😖なんでしょうか？？

例えば…ゆららが今一番お気に入りの遊び道具
「ニャン光線」はテーブルの上の籠に入れてあるんですが、誰かがその籠に手を伸ばそうとすると、もうお尻ムズムズさせてとびかかる準備しています。
「違うったら…」と言うと
「なーんだ、つまんない…😑」と座りなおして目を閉じます。

私が動物を飼っていて一番？と思うのは、「おしっ○」や「ウ○チ」のとき、人間なら「あ、おしっ○したい」とか、「ウ○チに行こう」とか言葉で思うのですが、ゆららはどう思って行動してるんだろうなぁ…。

人間も赤ちゃんのときは、何も考えずにしちゃってますが、ニャンコは遠い所からでもちゃんと猫のトイレにやってきて絶対に粗相しない…。
ベランダで遊んでいるときに「あ、おしっ○したい…」とでも感じるんでしょうか…。
言葉は知らないはずですがどう思ってるんでしょう…。
すっ飛んできて、トイレに駆け込み、必死で砂をガシガシやって場所を決めて、し終わったらまた砂をガシガシやって、埋蔵物にし終えて、またベランダにすっ飛んで行く…。

…どう思うから思考回路が「トイレ」に繋がるんでしょうかねぇ…。

こんなに小さな脳みそなのに…すごい働いてるなぁ…と感心しています。

人間はかなり大きい脳みそなのに、こんなに一生懸命働かせているかナァ…

それにしても、この小さな小さな脳みそ、いっぱいの記憶や経験で、もうすでに満杯のような気もします…。

皆さんが飼ってらっしゃる小さな動物の小さな脳みそ、たいしたもんだ と思いませんか？？

気配察知！

今日はゆららを予防接種に連れて行こう！
猫の３種混合、
・猫ウィルス性鼻気管炎
・猫汎白血球減少症

・猫カリシウィルス感染症。
さて、この籠に入れて…
ありゃりゃ、ゆららはどこへ行ったの〜〜〜？？？

完全に気配を察知してるみたいです。

家からこれに入れて動物病院に行くときには、大暴れして、籠の入り口で両足踏ん張って…腕に噛みついて…手のひら開いて向かってきます。

今日もきっとナカナカ籠に入んないよ〜〜〜

で、注射が終わったら帰りは自主的にスタスタ入ってくれる。これにはいつも笑ってしまいます。

小さな脳みそバリバリに働かしてるんやね

あまりに暴れるニャンコはとりあえず洗濯ネットに入れる人もいるみたいですよ。そのまま診察や注射をするんですって！！
そうしないと獣医さんに抵抗して、噛んだりひっかいたり大暴動起こすらしいです。ちょっと可哀想なニャンコだけど、とにかく必死の抵抗だからね。

うちの子は、病院では意外とおとなしいので助かってます。

でも、連れて行く前の大騒ぎは覚悟ものです

それにしても、ゆららは本当にどこへ隠れちゃったんでしょう？？？

内弁慶？？

午前中、ゆららを籠に押し込めて動物病院に予防接種に行ってきました。

ゆららをおびき出すには、これさえあればOK！！

シーバのバラエティーパックのカリカリごはん。
これの袋がカサカサいうとどこからともなく一目散に突撃してきますからね！

前の猫、ももには鰹節のパックのカサカサ音が決め手でしたが、ゆららには、このシーバの袋カサカサが「天からの音楽」のように心地よく聞こえるのでございましょう…。

ほら、すっ飛んできましたよ。しかもお鼻ピクピクです。
で、気持ちも体もがすっかり緩んでるところをガシッとつかんで、籠の中へ押し込み成功じゃ〜〜〜！！

で、シーバの音を運転しながらもカサカサいわして、いざいざ動物病院へ…

ところが、敵もさるもの、今回は予想が外れて診察室に入っても籠から出てきませんや…
先生が籠を逆さにして振り落とそうとしても中のどこかにしがみついてて…

そこで、またまたシーバカサカサの音で気と体を緩ませて…ひょいと落ちてきたゆららを皆でガシっとつかんで…

先生は体のあちこち調べてくださって…

…てなことで、
ゆららはウンともスンとも言わず、
もちろん**ニャッ**とも言わず、
予防接種終了…
御褒美に、シーバ見せてだけあげよう

「あーー、いい子やったねぇ…」

ゆららはきっと**内弁慶**です。
あんなに暴れたり、かじったり、噛んだり、引っかいたりしてる姿は、
あれは幻？？

じっとカメラに向かってモデル目線で撮られたりしちゃって…ゆららは絶対に
内弁慶だ！！！

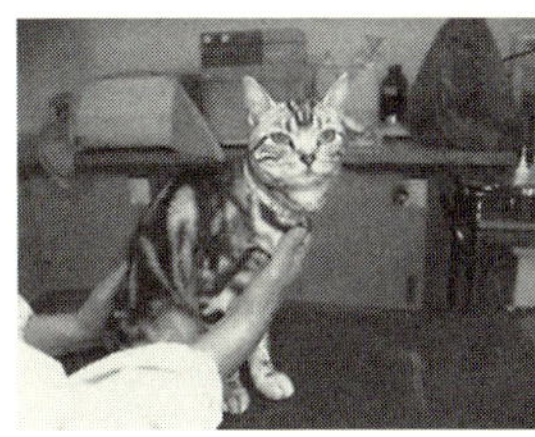

しかも、注射終わるとさっさと
籠に自主的に入って…
たいした奴だわ…

05

豊ママ　いちおし！グルメ

おいもさん

今日のおやつはおいもさん。
「おやつさつまいも」という
細身のさつまいもは、ただただ蒸すだけで、
おいしい**甘いおいもさん。**

この前「三色丼」で菜っ葉の**「炊いたん」**という話で、コメントをいただいて、もう一度関西の言葉の柔らかさ、食べ物に対する愛情♥みたいなものを感じました。
自画自賛で申し訳ないけど、「おいも」と呼ばずに「おいもさん」と敬称つけるのは、生まれも育ちも関西の人間の、なんだか素敵なところだと思います。
大阪弁は汚い…とよく言われますが、いえいえ、そんなことはないですよね。
「お鯛さん」とか「おかいさん」（おかゆのことです）とか、結構いろいろな物に「さんづけ」です。
私は祖母が生粋の大阪の御寮はんでしたから、きれいな大阪の言葉を聴いて育ちました。柔らかい、とっても女性らしい良い方言だったと、懐かしく思います。大切にしたいですね。
京都は、今でもはんなりとした柔らかさがある言葉遣いが、一般の人達の間にまだまだ残っているので、うらやましいです。

そして、このおいもさんのような素朴なおやつも大好きです。「干しいも」も季節柄おいしくって、とまりません。「いもけんぴ」も捨てがたい…。「かりんとう」、「御家宝」…**うわぁ、たまらん！！**

アメリカの毒々しい色や甘さのお菓子も
大好きだけど、昔からのこのような素朴な柔らかい甘さのお菓子も、この**「あまいもんすき」**の私には必需品ですねん…。

花びら餅

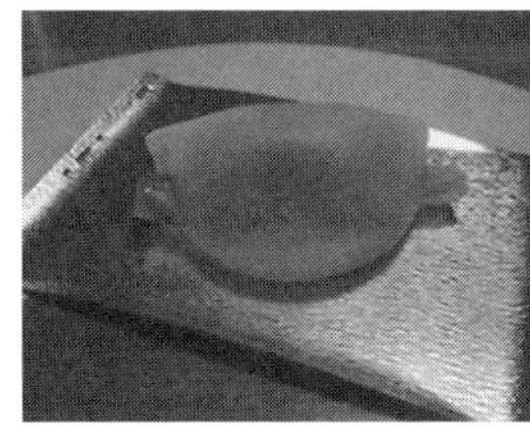

お正月前にあちこちの和菓子屋さんで
売られているのをチラリとご覧に
なった方もいらっしゃると思いますが、
これは**「花びら餅」**という和菓子です。

新年の初釜の茶席を飾るこのお菓子ができたのは室町時代。柔らかな半月型のお餅の両側から
甘く煮たごぼうが顔を出しています。
…えーーっ、ごぼう！！と思われるかもしれませんが、このゴボウが特徴ですし、ゴボウを入れることで一味ちがうのです。これがないと、単なる白味噌餡のお饅頭になってしますのです…。
そして、中には**味噌風味の白インゲン豆の餡**が入り、これは、ほのかな甘味です。

この**「花びら餅」**の名を全国に広めたのは、京都市左京区下鴨にある有名和菓子店、**川端道喜**（かわばたどうき）です。
明治時代に12代道喜が中にはいっているのを
鮎から**ごぼう**にしたそうです。
これは宮中のお菓子だったとも聞きましたし、今も皇室の新年のお膳には必ず出されるとも聞いたことがあります。

私は毎年これをいただくことで新年がきたなぁ…😊と感じます。初釜でのお菓子として、これをいただくことが、その頃から「甘いものすき」な私の年の初めの楽しみだった思い出があります。
今でもその頃の思い出に浸りたくて、この御菓子を買ってきて、冷凍庫に入れて保存しておきます。そして、今日のようなゆったりした日にお抹茶をたてて

いただくと心が落ち着きます。

珍しい和菓子は冷凍して保存すると、いつでもいただくことができます。室内に出して置いておくと、自然解凍でおいしくいただけますよ。

お土産に頂いたり、買ってきたりしたものでも、のちのちゆっくり楽しみましょう。

息子の好物

何故だかお口の肥えた息子がいます。
そんなに高級なものを食べてお口が肥えたわけではないはずです。
でも、ご飯でもお菓子でも、ものすごく敏感に察知します。
「これ、あれがはいってないでしょ？」
「あそこのあれがここらへんでは一番うまい」
「あの店のなになには、なにが入ってるからいまいち…」
「今日の料理は、手抜きかぁ〜〜〜？？」

おいしい物はあっという間に消滅しますが、おいしくない物はいつまでもテーブルの上に残っています。
「若いんだから、なんでもガサガサ食べてくれたら…」と言うと「もうピークは過ぎた」と、のたまいます。

…うーーーん、こんなんで嫁来るかなぁ…　まだまだ先の話ですが…。
これって、嫁としてはめっちゃ困るタイプですやん。
本当にそんな大した料理作って食べさせてないんですが、えらく味覚ばっかりが発達したようです。

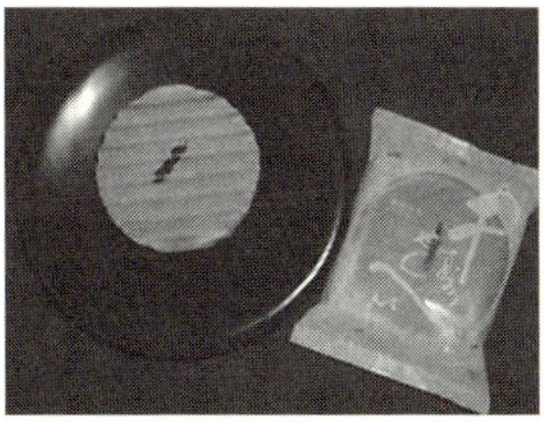

その息子の好物の一つ。
京都鼓月の**「千寿せんべい」**
…これって
「せんじゅせんべい」って読むのよね。
ずっと「ちーずせんべい」って
言ってましたが、なんでチーズかなぁ…と
不思議だとはおもっていましたわ。

２枚の波打ったサクッとしたおせんべいの間にクリームがはさんであります。
１個 120 円だから、ちょっとしたお土産にもばら売りで買って行きます。
…このばら売りを買う所がオバサンです。
箱入りは、ちゃんとした所へ持っていくとき。
友達の所へは、ばら売りで好きなだけ購入です。

これと似た物はいろいろありますが、我が息子は「やっぱり鼓月のが一番」と申しております。皆様も一度お試しくださいませ…。

彦根に行ったら

ひこにゃん、ひこにゃん、ひこにゃんにゃん！！
って、皆さんがひこにゃん音頭（?）を歌っていますね！
…と私は思っていますが…

私は彦根に行くと決まったら、必ず立ち寄るお店があります。彦根に行くと聞いたら、必ず「寄って来てくださいよ！」とお薦めするお店があります。

それは「いと重」さん。

それは上品でおいしい和菓子のお店です。
本店は彦根市本町にあります。簡単に言うと彦根のお城の近くにある**『夢京橋キャッスルロード』**をちょっと入った所。たねやさんの近くですが、本当にこじんまりとした和菓子のお店です。
ここの私のお薦めは

『彦根路』

…彦根城の白壁を表現している和菓子ですが、ジョウヨ芋のネッチリとしたお饅頭種に栗がはいっている（表現ムツカシイ！！）とってもあっさりとした和菓子です。おいしいよ！！

『埋れ木』

…和三盆を使用したコックリとした小ぶりのお饅頭。「いと重」さんの代表銘菓です。

この二つは行くと絶対に購入します。

ところが、この前ある方から頂いた「いと重」さんのお菓子には、今まで見たことのないものが入ってました。お初のものでした！！
それは**『和こん』**という名前の**大納言小豆入りのレアチーズケーキ！！**
これは唸りましたね。

「うまい！！！」

…パパが吠えてました。

大津住民の私が皆様を差し置いて御紹介するのも
o(@.@)o ナンジャコリャ!! ですが、意外と御存じない方もいらっしゃるかと思いまして、しゃしゃり出た次第でございます　お許しくださいませネ。

お城のある町には**美味しい和菓子**がある所が多いです。
一つの文化が上手に残っていると思ってうれしいです。

地元にも…

地元**大津**にも大好きなお菓子がたくさんあります。
三井寺は桜の頃、
必ず**花見**に行く私のお気に入りポイントですが、（あそこの夜桜と疏水の桜は、初めて見たときに涙が出そうになるほど感動しました。夕方から出かけて、ゆっくりと暮れていくなか、疏水の両脇の桜が次第にライトアップされて、それが素晴らしくって、毎年友達を誘います。満開の桜も素敵ですし、散り始めた花びらが疏水に花筏を作っていく様を見ていると、時の経つのを忘れます。三井寺の沢山の桜のライトアップも素晴らしいです、絶対にお薦めです。）
…話がそれちゃいました…。

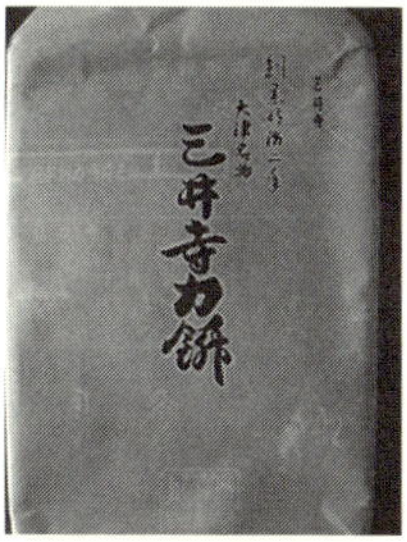

この力餅、きな粉がびっくりするほどたっぷりかかっています。
しかも、大豆、青大豆、抹茶の混ざった、薄緑のきな粉です。
説明書が入っていて、このきな粉が残ったら（絶対に残ります）ご飯にまぶして、おはぎ風に、あるいはそのままスプーン等でお召し上がりください、って書いてありますよ。
きな粉は体に良い物ですから、残さずにいただきます…。

それと、この**「あみ舟」**というおせんべい。

石山の「風月堂」というお菓子やさんの
焼き菓子です。
金沢にもたしか**「芝舟」**という同じような
おせんべいがあります。
舟の形をしたおせんべいに**生姜の風味の砂糖**が
かかっています。芝舟に比べてかなり大きいおせん
べいですが、とっても素朴な味で気に入ってます。

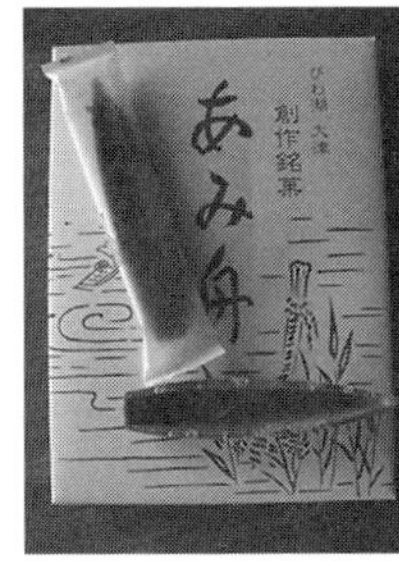

他にも、鶴里堂、藤屋内匠（ふじやたくみ）、大門堂の甘納豆、…大津にもいろいろありますね。
皆さんからのおいしい和菓子屋さんの情報も教えてくださいね。

広島焼きを作ろう！！

大阪のおばちゃんである私ですが、
広島焼きに挑戦しました。
前に広島に行って、有名な**「カープ」**という
店で、一生懸命どう作るかを研究してきて、
時々家で作ります。皆さんも簡単ですから、
一度挑戦してみてください。
「ためしてがってん」で教えてくれたのが
今回家で焼くときの大ヒントになりました。

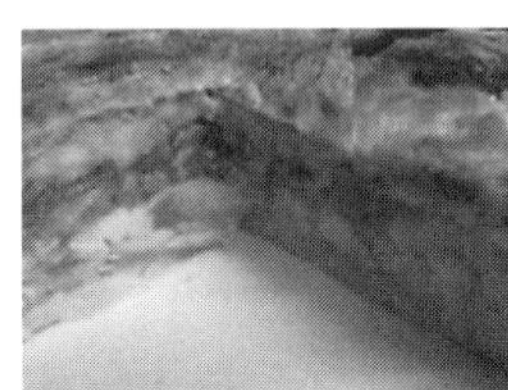

鉄板（家ではホットプレート）を最大に熱くしておく。
油を敷きます。
…我が家ではラードをつかってコクを出します。
小麦粉にだしの素を入れて水で溶いておく…（かなりシャポシャポした感じ）

…を薄く丸くのばす。

まずたっぷりのキャベツ…細めに千切り…を乗せます。
うどん or そば…前もってフライパンなどで炒めて味付け。(塩こしょう、or ソース)
もやし・テンカス・イカ・紅しょうが・ねぎ…など好きなものを積み上げる！！
高さ 15cm 位
＊「カープ」ではとろろ昆布を入れていました。
最後に豚肉。(ばら肉などの油っぽいほうがこくがでるのでお勧めです)
そこへ最初にしいた水溶き小麦粉をまわしかける…材料のつなぎになります。
＊これからがコツです。
かなりじっくり底の皮が焼けるまで待ちましょう。
しっかり焼けたらエイヤっとひっくり返します。大変難しそうですが、散らばっても集めればいいのです。
＊マタマタ　コツです。
上になった皮が中のキャベツを蒸してくれるので甘さが出て、おいしくなりますから、皮がドームになればいいのですが、素人では難しいのでホットプレートのふたをします。
5～6分ひたすら待ちます。
びっくりするほど「かさ高かった」のが、キャベツがしんなりして半分くらいの高さになります。
ホットプレートの隅っこに卵を割って、へら（こて）で軽く混ぜてまだ半熟のときに、焼けている広島焼きをずらしてきてかぶせます。
しばらくしたら、再びひっくり返して出来上がり。
お好み焼きソース（もちろんおたふくソース！）をたっぷり、じゅうじゅう周りの焦げる匂いなどを楽しんで、マヨネーズもいっぱいかけてくださいね。

以上、素人が作る広島焼きの作り方でした。
…キャベツは普通のが一番おいしいそうです。

つまり春キャベツなどでは逆においしくできないそうですよ。たっぷりのキャベツを上手に蒸して甘みを出すのがおいしい広島焼きだそうです。

石焼ビビンパをホットプレートで

今日は大好きな**石焼ビビンパ**を作ることにしましょう。

石焼ビビンバにはあの重そうだし、収納に困る石鍋がいるから、家ではできないわ…と思うでしょ？
でも前にTVで**ホットプレート**を使って作ってたのを参考に、我が家では、時々大好きな石焼ビビンパをホットプレートでたんまり作って、思い切り食べます。

そこで、**おうちのホットプレートで作るレシピ**を…

大根、人参を荒めの千切りにして塩を振り、
しんなりしたら水で洗います。
ホウレンソウは茹でて３～４cmに切ります。
それらをボウルに入れて
「ナムルの素」（ユウキ食品）で和えておきます。

ごま油と、いりごまをたっぷり入れると
さらにおいしい！
…このナムルはたっぷり作っておくと、野菜嫌いの人でもバシバシ食べてくれる。おいしい箸休めにもなります。

お肉（牛肉の方がよいでしょう）を１cmくらいに切って、

ニンニク、ごま油、しょうゆをいれ、もみこんでおいて、
フライパンで炒めておきます。

では、いよいよ、焼きましょう！

ホットプレートにごま油をたっぷり入れて熱します。
そこへ、ビン入り**「ビビンパの素」**を入れて、
混ぜたごはん（冷ご飯でも良いです）を平たくいれて、
そのうえに味付けビビンパ、ナムル、炒めた牛肉、キムチを
のせます。

ごはんが焦げ始めるくらいまでジックリ待ちます。
卵を割りいれます。
白身が透明でなくなってきて、
ちょっと裏返して、
しっかりご飯のおこげができたら、
へら等で全体を混ぜ合わせます。

これで、出来上がり！！

我が家では、最後にいりごまを振りかけたり、韓国のりをちぎってかけたり、
アレンジしています。
野菜は他にもニラを肉と一緒に炒めておいて、入れたりします。

かぶらの歌

…これは笑いながら、声に出して読んでいただければありがたいです…

これが噂の「かぶらスープ」

かぶらを二つ買いました
さてさて何にいたしましょ
そうね、まじめに考えて
かぶらのスープを作りましょ

かぶらに大根、エリンギや
人参じゃがいも、小松菜を
トントン刻んで、鍋に入れ
これでは足りぬとしめじたけ
いっそいっぱいいれちゃおう

野菜をトントン刻んだら
大きな鍋にほりこんで
お水とブイヨンぶちこんで
しばらくグツグツ煮ちゃいます

それからミルクをたっぷりと
粗しょう症にならぬため
お塩と胡椒をパッ、パッ、パッ
どれどれ味見をしてみると
ホーラホラホイ！　出来上がり！！

アラララ葉ッパが残ってる
おいしい漬物好きだから

かぶらの漬物作りましょ
浅漬けの素は物足りぬ
私のアレンジ柚子コショウ
チョチョっと入れてオリジナル
これは、いけます、おいしいぞ
ほーらほらほい！　出来上がり

温かいお汁

いやぁ、さっぶいさっぶい…
こんな日は、いつもの温かいお汁をつくりますけん。
毎年冬には我が家では何度もつくりますたい。
今までも、いろんな料理をご紹介してきましたが、分量などはとっても適当です。家にあるもの、冷蔵庫に入っているもの、残り物などで作っていますから、わざわざ買いに走らねばならないものでは、お料理しない！のがモットーです。
で、要るものは、

白菜、豚肉、ショウガ、春雨、中華味、酒、
しょうゆ、塩コショウ、ゴマ油とお水です。

では、つくりまっせ。(…どこ出身や？？…大阪だす…)
白菜はザクザク切ります。芯の部分と葉っぱの部分をできたら分けといた方が良いですね。
豚肉は1cmくらいに切っておきましょう。
ショウガは千切り、多目がよいですな。
体が温まりますからね。
お鍋に水を入れ、火にかけて沸騰させます。

中華味（鶏がらスープでも、ウェイパーなどでOK）を入れます。そこへ、豚肉、ショウガを入れて煮ます。
ちょっと、あくを取り除いて、（邪魔くさかったらいりませんが、できたら、した方がよろしおす）**お酒**をドバドバっと入れまして、（これも、体が温まります。お子様が居る場合には、チョロチョロ位で結構。お酒飲みさんには、たっぷり入れてあげてくださいね）
この辺では味ちょっと濃い目でよいです…というのも、白菜入れると水気が出て、味の具合がちょうど良くなりますからね。

煮えたら、**白菜**（まず、芯の部分を入れてしばらくしてから葉っぱを入れてください）を入れて、シンナリ、ヘンナリしたら、**春雨**をかたいまま入れます。（もどしておかんでOK。楽でしょ？）
ちなみに、小分けした春雨が売っています。これはとっても便利ですよ。袋から出すときにあたり一面春雨だらけにならないです。
塩、コショウを入れます。**コショウは多目**の方が、体が温まります。
そして**お醤油**を少し入れて、味見。
…ほら、味見しただけで、体がポカポカしてきますでしょ？

最後に**ゴマ油**をタラリンと入れて出来上がります。
とっても簡単、
簡単な冬のスープの出来上がり～～！！

前にも書きましたが、
簡単料理は器でごまかしましょう。

筋金いり！

突然ですが、皆さんは死ぬ前に何を食べたいですか？
…お寿司？　すき焼き？　…おいしいごはん！って方もいらっしゃるでしょう。

でも私は「大阪の女やさかい…」**お好み焼き**ですねん。
粉もん文化発祥の地、大阪で産湯を使ったさかい、最後に食べたいのは「おいしいお好み焼き」ですねん。

…てなわけで、今晩は**お好み焼きにします。**
冷蔵庫に白ネギの緑の部分をいっぱい残してあります。
これは、時々作るお好み焼きに入れるためです。
全ての材料は必ず揃います。
…【筋金入り、その１】

お好み焼きを作るときにボウルを一つですまそうと思ったら、まず生地を先に作ります。
山芋をすって、大きめのボウルに入れます。
そこへ、卵割りいれ、水とだしの素いれて、よく混ぜます。
小麦粉を振りいれます。そして、よく混ぜて生地を作ります。
そして、キャベツ（千切りでも、みじん切りでも可、ちょっと歯ごたえが違います）やショウガ、先程のネギ、テンカスなど、他は本当にお好きなものをドンドン入れてくださいね。

冷蔵庫の整理にも最適ですよ。
私は他に、こんにゃくの小さく切った物、イカ、海老などが入っているのも好きです。

友達の家のお好み焼きには、
ピーマンや人参もみじん切りにして入れて、
子供に食べさせていました。
うまい手です。彩りもきれいしね。

豚肉は前に「広島焼き」のところでも申しあげましたが、脂身の多いところ、三枚肉やばら肉がいいですね。コクが出ますから。
…ちなみに、『千房』のマニュアルは、粉 120g にキャベツ 120g だそうです…
これで、生地はできました。

このように、先に生地を作ってそこに具を入れていくと、ボウル一つでできます。
…洗い物が少なくてすみます。
…【筋金入り、その２】

私は 30 年近く前に「カゴメ…」が催した
「お好み焼きコンテスト」に出たことがあります。
…【筋金入り、その３】

大阪のホテルプラザ（今はもうありません…）の大宴会場で、お好み焼きを焼きました。
審査員達が回ってきて、いろいろ話しかけてくださるのですが、その中に「藤本義一氏」（ご存知でしょうか。大阪の作家のおっちゃんです）がいらしたことしか、覚えていません。
そのコンテストで**優秀賞**をいただきました。
…【筋金入り、その４】

賞金もあったのですが、それよりも、商品にホットプレートをいただいて、帰り道重くて重くて、
「これは、イジメやんか…」と思ったことだけ覚えています。

お好み焼きは我が家ではラードで焼きます。少しコクが出ますよ。
…【筋金入り、その５】

生地を伸ばし、別にフライパンで炒めて
焼きそばソースで味付けしておいた
おそばを広げて乗せます。

またそこに生地を広げ、肉を広げて乗せます。
広げないと、焼け上がったときに、真ん中にだけ肉があることになります。
…【筋金入り、その６】

よくひっくり返すのに、大騒ぎして散乱する人が居ますが、これはしばらく焼いてから底の部分をヘラ（コテともいう）で「そーーーーっ」と覗いてみて、充分に焼けてるか確認しないからでしょう。
程よい焦げ目がついたら、ヘラでぐるっと底を鉄板から離して１、２の３！
思い切って返します。
オドオドとせず、思い切った行動が成功の秘訣です。
…【筋金入り、その７】

ひっくり返しても上から押さえつけないで、じっくり表面が焼けるのを待ちます。
…【筋金入り、その８】

コテの先をちょっと刺して汁気が出てこなければ、OK です。さあ、もう一度ひっくり返しましょう。
裏も表もきれいに焼けましたね。

あとはお好み焼きソースをたっぷり、…この焦げた匂いがたまりませんね。そして、マヨネーズをシュルシュルっと。…うちはからし入りマヨネーズをかけます。なんせ、私はマヨラーですから。

そして、好みで、青海苔やかつお粉かけて、「花かつおぶし」を躍らせましょう。

大阪の子は大体お好み焼きをヘラ(こて)で切ってすくって、そこから食べます。
…【筋金入り、その9】

あれはちょっとしたテクニックが要って、あまりヘラの奥に置かないように軽くすくうことです。ヘラに軽く乗せて少しずつ手前に移動させながら食べたら、いっぱしの大阪の女です。
ちなみに、歯や唇についた青海苔はビールや水を飲むときに上手に取り除きながら、飲むことです。
…【筋金入り、その10】

では、皆さんご一緒に、
お好み焼き、万歳!!!

ビール漬け

この前、手作りの胡瓜をいっぱい貰いました。
そこで義姉から教えてもらいました
「胡瓜のビール漬け」

とっても簡単😊でおいしい😍
お漬物です。

胡瓜…洗って両端を少し切り落とす。

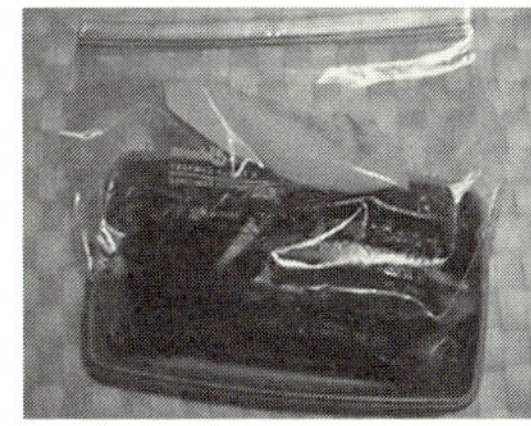

ジップロックのようなもので作れます。
ビニール袋でも良いです。

ビール…100cc
砂糖…70g
塩…30g
を入れる。
そこへ胡瓜をマルのまま（長いまま）入れる。

封をして、横に寝かせて（受けになる容器に寝かせるとよい）これでOK😊
次の日OK。
汁から引きあげておくと、冷蔵庫で3～4日OK。

ビールが余ったら（ムツカシイですか？？）作ってみてくださいね。ほんのちょっとだけ、先取りしてもいいかな？？
胡瓜の緑が綺麗な、
とっても**簡単でおいしい浅漬け**ですよ。

超簡単！夏のスープ

♪夏が来ーれば思い出す～～～♪

我が家の夏の定番
超簡単夏のヘルシースープ

どこかの番組でやってるのを見て、「こりゃぁ簡単だわ…」と直ぐ実行。
…この即、行動力が必要です。「いつか…」はない！　わたしゃそう断言します。すぐに一度作っておくと後は**頭の中のレシピノート**に書き込んだのも同じこと。

では…
オクラ………塩を入れた湯でさっと茹でておく。
さましてから小口切り。このオクラの断面って可愛い星型で、自然の造形美を感じます
トマト………皮を剥いて、1cmくらいの細かさに切っておく。

これらを器（できたら**ガラス**が夏場はいいですね！）にいれておきます。

豆乳…………ガボガボと注ぐ。
めんつゆ……そばつゆ・そうめんつゆ・のようなものを
豆乳の1/5～1/4注ぐ。
しょうが汁…ちょっと絞って入れる。

これらをサラサラっと混ぜておきます。
オクラからトロミが出てきます。ネバネバは体にいいのよ。

以上でございます
超簡単でヘルシーざましょ？？？

これを冷蔵庫でしっかり冷やしておきます。

暑い日にようやく帰って、
これをまず、すきっ腹に流し込んだら
「フウ～～～～～！！　うまい！！」
パパに「毎日これだけでもいいよ…」と言わせしめた一品でございます。
暑い暑い夏の日に是非作ってみて下さいね

そうめんの思い出

そう、あれはまだ、私が 24 歳、
結婚して初めての暑い夏の日…

お休みの日、
「そうめんでも茹でて…」と言われて、
お鍋にタップリお湯を沸かして…。
まだ、若妻の私は、そもそも素麺 2 人分がどれくらいの束必要か全くわからなくて…

お湯がグラグラ沸いたので、「まぁ、これくらいかな…」という量を**サラサラサラサラ**…と入れました…。
で、「びっくり水」という代物があるのは頭のどこかで、かつて聞いたことがあったので、もちろん用意しましたわよ…。
…鍋に向かって**「わぁっ」**と叫んだりは、もちろんしておりません…
で、鍋がグラグラ煮えてあふれそうになったので、
「よっしゃぁ、ここで、びっくり水とやらを入れるんだね…」と…タラタラ入れたんですが、あれって、水を入れてる途中ではグラグラはおさまらなくて、ちょっとしてから煮え立つのがおさまるんですよ…。
で、どんどん何度もビックリ水を入れてしまって…

もう、鍋からお湯があふれかえるほどになって…
「これ以上はやめた方が賢い…」と決断しまして…
ざるにあげたんですが…。

「貴方、茹で過ぎたそうめんって御存知ですか？？」
とってもふくらんじゃって…。大きな塊になるんでございますよ

でも、その頃から、私にはちゃんと**「勿体ない」精神**が備わっていて…それをあのダンナに出したんです…。

「なんじゃこりゃ〜〜〜〜！！！」

それで、あのダンナが教えてくれた
「正しい素麺の茹で方」を教わりました…。
しかも、ダンナが一人暮らしの独身時代に体得した
「素麺の茹で上がりの判断の仕方」
……これが……

茹だった素麺を２〜３本、垂直に立てた「まな板」か、または壁に打ち投げてピタっとくっついたら OK だそうで…。

まるで曲芸みたいでしょ？？
茹だった素麺を壁に向かって投げるんですよ…。
なんだか、台所の中で自分のしてる姿がおかしくっておかしくって…

「この曲芸まがいを、私は夏になるたびに、せんとあかんのかなぁ…」と思うと…本当に情けなーーい気持ちになりました。

♪夏にな〜れば思い出す〜〜♪

子供もまだ居なかった頃、
まだ、可愛い新婚サンだった頃、
素麺なんかゆでたことのなかった初々しい花嫁サンの頃…
台所の壁に向かって、ひたすら素麺投げつけてた頃…。
夫婦が素麺ひとつで大騒ぎしてた頃…。

あ〜〜〜〜、おかしい！！！　でも、…懐かしい！！！！

今ではちゃんと感覚でしっかり素麺を茹でることができるようになりました。
…そりゃ、30回以上も夏を迎えてるんだからねぇ…。

夏来る食卓

我が家ではこれが食卓にのぼると「あぁ、夏が来た…」と思う一品があります。

それはとっても簡単な**「茄子の冷製」**
（名前はいい加減です…）

これは大切なお友達のお家に招かれたときに作ってくれた物で、あまりに美味しいのでレシピを教わって、チョックラアレンジして、夏には頻繁に作っている物です。

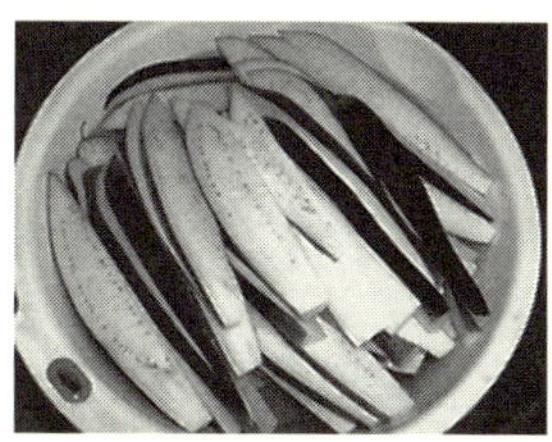

大喰らいの我が家では、一回に茄子を
4～5本使います。
後は小口に切った葱と、ごま油、ポンズ。
それだけ…。なんせ、身近にあるもの、
家にある物で料理を作るのが
私のポリシーですからね。

友達は茄子を色良くなるように**素揚げ**していましたが、5本の茄子を揚げるとメチャクチャ油を吸い過ぎて…、しかも揚げてる間に、顔も手も台所も油ギトギト…
ヘルシーなはずの野菜料理が、ドスンと重い料理になってしまいそうで、私はサッパリキッパリ茄子を茹でます。
１～２本程度の茄子なら、縦に細く切って、皿に入れてキチンとラップして

4分ほどチンすればいいんですが、大量の茄子をチンすると、電子レンジから煙が出そうになるので😝たっぷりの湯で一気に茹でます。

茹で上がった茄子を少しさましてから、軽く絞って、器に入れて（今の季節、できたらガラス製の器が、涼しそうで良いですね）
上に葱小口きりをたっぷりかけて、ごま油タラリンタラリンかけて、ポンズをグルッと多めに回しかけて軽く和えます。

じゃ〜〜〜〜ん、
これで出来上がり😊！！

しばらくして完全に冷めたら、
ラップして冷蔵庫にいれて、
ギンギンに冷やします。

できたら、途中でもう一度くらい軽く混ぜて、味を均等にしたほうが良いでしょう…。

これは味がしみ込んでバシバシに冷たくした物が、それはそれは、美味しいので、できたら朝のうちに作って夕食まで冷蔵庫に入れて、しっかり冷やしておくと
😆**「うわ〜〜ん、美味しい！！」**という

実に簡単な「茄子の冷製」が出来上がります。

夏の夕方、暑い中で、夕食を汗タラタラかきながら作るしんどさからちょっと解放されますよ。

ご飯にも、ビールにも、どちらにもとっても相性が良さそうです。

夏の野菜、茄子をタップリ食べて、体を中から冷やして、夏バテを乗り切りましょうね！！！

06

豊ママ闘病記

病気宣告 I

ここに２冊のノートがあります。
１冊は **2002 年のスケジュール帳、**
もう１冊は私の**闘病記録ノート**です。

このブログに私の病気のことをなぜ書こうとしているか…
それはもし、読んでくださっている方の中で同じ様な症状がある方には、是非、無理せずに早目に病院で検査を受けていただきたいと思うからです。
それと、病気と言うものは本当に思いがけずわが身に降りかかる、ということを判って欲しいと思ってです。
このブログの題名どおり、その５年前のことをセキララに書き綴ってみます。

この 2002年のスケジュール帳の９月13日から10月いっぱいは何も書かれていません。
この２ヶ月近くのことはもう一つの闘病記録のノートに克明に書かれています。…字を書くことが好きな私は、こんなときでも、一生懸命記録を残していたんです。
ゆっくり追って書かせていただきますので、時間をいただきたいと思います。
きっと、今の陽気な楽天的な私があるのは、このような経験をしてきたからだとも思います。

長年住んだ茨木から、ここ滋賀県に移って２度目の夏を越して、ようやく落ち着いた夏の終わり、E-radio の皆さんやタレントさんを呼んで「暑い夏のお疲れさんパーティー」をする為に、私はわざわざ勝手知ったる茨木に一人で車いっぱいの買出しに出かけていました。
前の日から台所ではひたすら料理でした。

8月31日は夜遅くまで、我が家は大約30人程の皆さんの声が楽しく響きました。

どうもこの頃から、右手を上げる動作をすると、ひじから中指まで電気がピリピリっと走るような気がしていました。
例えば、タバコを吸う、マスカラをつける、…そのときが一番ピリピリを感じました。

それまでも、一年に２回ほど、夜中にものすごい頭痛がしてました。
とくに右目の奥がズキズキ痛んで右手で押さえつけても痛みが消えないので、這うようにして薬箱からバッファリンを取り出して飲み、しばらく効くまで右の手のひらで頭の右半分を押さえつけて過ごしました。
一年に２回ほどのの頭痛は「まあ、そんなこともある」と思って全く気にしてませんでした。

９月12日㈭、パパとお友達と３人で、ゴルフに出かけました。
40歳の誕生日にパパが「これから先２人でゴルフ一緒に楽しもう」とプレゼントしてくれたゴルフセット、10年近くほとんど使わずにさびつきそうでしたが、こちらに引っ越して、子供も大きくなって時間にも余裕ができたので、近くのゴルフスクールにその友達と週１回通っていましたので、実地訓練と称して、その日は守山の「琵琶湖大橋ゴルフ」に行ったわけです。
とっても暑い日でした。でも、さすが滋賀県、風も吹いて気持ちよかったのですが、私はなんだか疲れ方が普通でないような気がしました。へたっぴなのが疲れる理由としてはあり得るんですが、それにしては、なんだか変だなぁ…。
口には出しませんでしたが、ずっとそう思って歩いてました。

次の日９月13日、金曜日…私は「13日の金曜日」と言うのはあまり関心なかったのですが、この日から「13日の金曜日」は結構気にしだしました。

「どうもおかしい…これはやっぱり病院にいってみよう…」
虫の知らせというか、やはり自分で変調はわかるんですね。病院に行かなくては！　…そう思いました。

ただ、一緒に暮している母が、とっても心配性なので、「私が病院に行く」と言っただけで大変なのは知っていましたので、どのように言って家を出ようか、とそれが悩む所でしたが、気軽に「ちょっと右手がしびれるような気がするから、診てもらってくるわ…」と言って家を出ました。
「それが終わったら帰りにアヤハで猫のエサ買ってくるし…」

家を出て、大津市民病院に着いたのですが、この手のピリピリはどの科に行けばよいのか判らなくて、総合受付、案内の所にいた、いかにも、元婦長さんのような女性に
「ひじから指先までピリピリするんですが…」と相談すると、「うーーーん、脳神経外科かな…」とのアドバイス。
「そうですか、脳神経外科…普通の外科とは違うのか…、まあ、念の為に診てもらいに来たんだし」と同じフロアにある脳神経外科の受付に向かいました。

病院は結構慣れてます。
主人の両親も、私の父もみんな癌で亡くなりました。その為に病院に行き慣れてはいました。
残った母は心臓が悪いので、時々検査があって、その度に入院します。
小さい頃から「病院物」のドキュメントやドラマが好きで、血を見ることもそんなに怖くない私です。
ただ、このときは、何だか自分の体調に異変を感じていたのでしょう、ちょっとドキドキしてました。

ところが、晴天の霹靂ともいうことになるんです。
続きは明日…。

病気宣告Ⅱ

昨日は書き終わってから、この2002年５年近く前のことを何故こんなに詳しく書けたんだろう…と思い返してみました。やはり、とってもショックなことは、しっかり映像のように覚えているものなんですね。
阪神大震災の朝のことも、つい昨日のことのように目の前に浮かびます。…逆に「夢のような出来事」とも思うんです。
自分に降りかかった災いは、できたら現実でなかった、と思いたい…。そんな複雑な思いです。

昨日書いた「病気宣告Ⅰ」の続きを書かせていただきますね。

大津市民病院の脳神経科はいつも大変混んでいます。
２～３時間待ちも当たり前のようです、それは後で知ることなんですが、大変評判が良い、手術数が多い、…いろんなことで西日本中から患者さんが来てらっしゃるような、腕のいい先生がいらっしゃるそうですよ。
私は家から近いからと言う理由で、ふらりと行ってしまいましたが。

市民病院に行った私は脳神経外科の前の椅子に座って周りを見回しました。
脳神経外科は、どんな患者さんが来てはるところだろう…。その科がどのような病気の人が診てもらうかすらわかってなかったんです。

長い時間待って、診察室に呼ばれた私が「えっ、これが先生？？」と思うような、若くて、元気そうで、ニコニコした青年が明るい声で「やー、豊田さん、どうしました～～？」と話しかけました。
…こんな若い先生でいいのかなぁ…えらい元気そうやし、ちょっと軽い感じ…
（それまで、医師はどうだから優秀とか、信頼できる、とか、ではないとは思っても、やはり、あまりに若々しい元気すぎるのも…という偏見がありました…）

ところが、これが**運命の出会い**だったんです。

前もって問診表にいろいろ症状を書き込んであるので、それを見ながら私が両手を前に上向けて出し、それを先生が上から両手で押してみたり、今度はその逆で私が押したり。小さな「トンカチ」で両膝をコンコン叩いたり。
…さんざんいろんな検査をした挙句、「豊田さん、握力測りましょうか…」と、たぶん高校以来したことのない握力計を出されて、「ヨッシャー！！」と頑張ったら、「わぁ、この僕よりすごいですねぇ…」と変な褒められ方をしてしまって…。赤面…。

最後に「まぁ、念の為、CT を撮っときましょうか」と言われました。
CT ができるまで待ち時間のために持参した山本一力の本を読んでましたが、その頃から小さな胸騒ぎ。

診断結果を御説明…と言うことで、もう一度先ほどの診察室に入った私は、左にある私の CT 画像をちらっと見たときに「あら？」と思いました。
一枚が幾つにも分かれた CT 写真の幾つかに、白い固まりが頭のてっぺんにあるのを見つけました。
そして椅子に座ると、先ほどとは打って変わった青年医師の低い声。

「豊田さん、えーー、ちょっと、困ったものが見つかりました。…この白いのは脳腫瘍ができてます。が、これはそのうちの髄膜腫と思われるんですが…手術しましょう！」

…脳腫瘍？？？？

あの、ドラマなどで出てくる？？？？

…この私が？？？？

CT 画面を見ながら先生が「これをほっとくと、右手右足にマヒがそのうち出ますからこのまだ小さいうちに手術で取り除いた方がいいと思いますよ」

…えーー、右手右足にマヒ…それは困るなぁ、絵も字もかけなくなる。ピアノも弾けなくなる。
ゴルフも行けなくなる。…

普通このような宣告を聞くと頭が真っ白になるとか、腰が抜けるとか、涙が出るとか、いろんな反応があるようですが、私の場合、もう一人の私が診察室の上のほうから見てることを感じました。どんな顔して、先生の話聞いてるの？？って、もう一人の私が観察していました。
「どうする？　えらいことになっちゃったねぇ…」そう言ってるもう一人の私がいました。
私の育てられたうちは、自分に何が起こってもバタバタギャーギャー騒がない！！というような躾でしたのでこんなときでも驚くほど至極冷静に先生の話を聞いてました。

「入院はすぐされますか？　できたら早い方がいいと思いますよ」
「ちょっと主人に相談しないと決められないので…」
「では、近いうちにまたお二人でお越しください」

それで、診察カードを受け取り、会計に向かって歩き出しました。

そのとき、「脳腫瘍って言ってはったけど、何かもう一つ病名言ってはったなぁ…」やはり、かなり動揺してたんでしょう、その病名が思い出せないのです。

きびすを返して、もう一度脳神経外科の受付に行き、
「すみません、
今診断受けたんですが、病名がわからないので、教えてください」

そう頼んで受付の人に
診察中の先生に書いてもらったのが
この紙です。

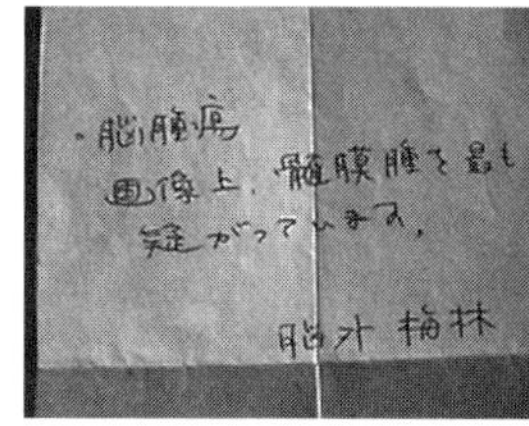

突然わが身に降りかかった「脳腫瘍」という診断。
この後私はどうした、と思われますか？

金曜日、主人は「コガナナ」本番中で３時までは連絡取れません。
娘はアメリカにいます。
息子は高校生で授業中。

一番報告しやすいのは、母ですが、一番報告しにくいのも、母でした。言ったら心臓発作でも起こって、これこそえらいことになる…。

この日はまだまだ続きます。

病気宣告Ⅲ

市民病院の受付、会計の辺りは人がいっぱい。
「あぁ、この辺りで、脳腫瘍の診断を下されたのは私だけ…」とか、「診察室でいた看護師さん、私が『主人と相談します』といったときにフッと笑ったような気がしたわ…そりゃぁ、こちらとしては考えるしかないもん、なんで笑ったんだろう？」とか、「あの画像私でもはっきり見えるくらいだから、本当は相当大きいのかなぁ」とか、「先生は『たぶん、良性のものでしょうが、検査入院して、手術しましょう』って言ってはったけど、もし、良性のものでなかったら、どうしよう…」とか、「今まで、首から下は結構検診など受けて、検査してたのに、まっさか、首から上にくるとはなぁ」とか、

一番感じたのは
「私の頭に脳腫瘍なんて本当に**青天の霹靂**ちゅうのはこんなときに使う言葉なんやなぁ」
「まるで、大きい石コロが空からピューーーーーンと私の頭を目がけて落ちてきた感じ…」

診断のときよりも、しばらく経ってからの方が、頭の中グルグルいろんなことが回り始めて、口の中が、カラカラになって…

雲の上をフワフワ歩いてるような気持ちで車に乗り、しばらく唇をなめたり、ガムを噛んだりしていましたが、「こんなことしてても、しょーないなぁ…」と思って、車を発車させました。

とにかく、母にどのように話そうか…。
しばらくその台本みたいなものを考えたい。
家を出るときに「アヤハに行って猫のエサを飼ってくる」と言ってたことを思い出しました。
「私が入院、手術するなら、猫のエサいっぱい用意しといてやらねば…」

アヤハで日用品やえさをいっぱい買って、さらに時間をつぶすように意味もなくグルグル回って
「しょうがない、もう帰ろう…」

ところが、車で帰る途中、突然携帯電話が鳴りました。
驚いて出ると、アメリカに住む娘が
「どーしたん？？　今なにしてるん？？」
…これには心底びっくりです。
あまりのタイミングについ
「大変やねん」と口走ってしまって
「どーしたん、なにがあったん？？」と問い詰められ

「家に帰ってから話すわ」と言ったら
「そんな中途半端なではかえっていやや、何なん、どーしたん？」

もう言わないわけにはいきません。

「脳腫瘍になってしまった」
「うそ！！！」
「本当。とにかく、今家に帰る途中で、運転してるから、帰ってから電話するし」
…そう言って電話を切りました。

いまもって、何故あのタイミングに遠いアメリカから携帯に電話をしてきたのかわかりません。

家に着いて荷物を玄関に降ろし、母の部屋に行き、
「落ち着いて聞いてね、病院で脳腫瘍って言われた。なるべく早く検査入院して、手術するかどうか決めるらしい…」

母に伝えるのに、アヤハでいろいろ考えた台本なんてどこかに行ってしまいました…。
さすがに驚いてかわいそうでした…。

「パパにはまだ連絡できないから娘に電話する」と言って母の部屋から出ましたが、その後数日間母は泣きっぱなしだったようです。

それで、娘に電話しても話し中でつながらず、ようやくつながったときには、娘は今まで授業中の息子に電話してた、とのこと。（これは最近になってわかったことですが息子が「ネーチャンのほうが俺より先に知ってたのは嫌やった」と言ってましたが、仕方ありませんよね、向こうから連絡してきたんだから。でも、息子の気持ちもわかります。が、パパよりも先だったんですが…こんなことで家中が揺れるんですね）

きっと娘は遠く離れている分かえって心配が膨らんで、かなり動転している様子でした。

「パパに伝えるのは３時まで待って私が自分の口からするから、いろんなことはパパと相談して決めるね、また連絡するから」と言って泣いてる娘との電話を切りました。

さぁ、そこからです。
パパに電話するまで、私は入院の準備を始めたんです。
トランク出して、パジャマやタオル、コップ、スリッパ、ガウン…全部ピンクだーーーー！！
私は２度の出産で入院した経験しかないのですが、両親や周りの人の入院生活で充分いろんなことを知っています。
出産の為の入院は大変とは言え、うれしい、楽しいが半分ありますが、病気手術なんだから、できるだけ華やか、明るい入院生活！！と思った私は本当に楽天的！！　とにかく、快適な入院生活にしてやる！！　ピンクのもので詰まったトランクはなんだか「やられてたまるか！！」の気持ちを表わしているようでした。

３時過ぎになって、パパに電話
「今日早く帰れますか？」
「帰れますよ」
「じゃあ早く帰ってきてくれる？」
「なんで？」
「今日病院に行ってんやん、それで、その結果がちょっと良くなくて…」

パパはぶっとんで帰ってきました。
先生が書かれた紙を見せたらかなりショックを受けたようで、しばらく無言の状態が続きました。

でも17日（今日は13日）にもう一度先生のちゃんとした説明を受けることにしました。

その夜私は親しい友達に電話しまくり。パパはそんな私に驚いてましたよ。
「わたし、脳腫瘍になってしまいましたわ」と言うと
「えっ………………」

皆次の言葉が出てきません。

…もしかなんかあったら、二度と会えなくなるのはいやだから、「会いに来てね」そう伝えることが私の気持ちでした。
お葬式に来てもらっても仕方がない…、生きてるうちに、そうでなくても体が大丈夫なうちに皆に会いたいな。

小学校からの友達は「うーーーーん、で、何色？」と聞きました。
「ピンク！」
数日経って、デパートからピンクのパジャマが送られてきました。

べつの友達は次の日入院に必要なものを抱えて突然やってきて、玄関で私の顔を見るなり泣き出して「なんで、豊田さんが…」と言ってくれました。

なんだか、こんなときにこそ幸せな気持ちにさせてくれる友達のありがたさがうれしかったです。

さてここから、私の好奇心がさらにむくむくと首をもたげてきます。

病気宣告Ⅳ

2002年、私は49歳でした。
子育ても一応、一段落、長い間の夢だった家も建てました。
パパとゴルフに行く楽しさ（苦しさでもあります…。ゴルフ場でさ迷い歩くのはしんどい！！）
母もそこそこ元気。
時間のあるときに日本画を描く楽しみもあります。…このとき、大好きな「のうぜんかずら」の大きな絵を描いていました。
時々は友達と会って食事したり、笑い転げて話したりする日もできました。

…でも突然のこの宣告はいろんなことを考えさせてくれました。
「右手のピリピリ位で脳腫瘍が判って良かった。でも頭が痛かったのはこれが原因だったとしたら、これで、あの夜中の頭痛がなくなるんや…」
「これは黄色信号、50歳を前にして、今までとおりに突っ走ったらあかんよ！という黄色信号点滅や」
「家族にも友達にもいろんなことを感謝するという気持ちを少し忘れてたのかもしれない…」
「これからの毎日を大切に生きないとアカン。考えてみたらいいときにこんな病気になったのかも」

…毎日日常生活を送りながらつい忘れていたことを、しっかり考え直すことのいい機会になりました。

次の日は朝からアイロンかけをして、「入院中パパは洗濯やさんに行ってもらわねば…」と思いました。
日本画も描きました。「これがもし絶筆なら、一番好きな花で良かった…」
…もし、手術が成功しても、これから先絵筆を握ることができるまで、時間がかかるかも…
…もし、成功しなかったら、右手にマヒが残ったら、大好きな「お絵かき」ができなくなるかも…

このあたり、主人も母もいろんな人に相談しています。
東京の叔母は「もっと他の病院で診てもらったら？」とか「慶応病院とか、東大病院とか来てみたら？」とか言ってくれてるそうだとのこと。
主人は義姉に相談して、京大病院にいる親戚に相談したり、滋賀病院の先生にコネクトとって、相談に行ったり。
でも「大津市民病院の脳神経外科はとっても良いですよ」と言われて帰ってきました。

私は青年医師（名前を明かします、「梅林先生」）がなんだか明るくて、気さくで､大のお気に入りになっていました。今でも冗談で皆に｢私は梅林先生のファン以上ストーカー未満！」と言ってます。
それに、遠い所の病院にひとりぼっちで入院するのは寂しいし、来てくれる家族にも、友達にも大変だから、「あそこでいい」「大津市民病院でいい！！」と頑なに言ってました。

病気になったとき、出会う医師との信頼関係が病気を良くしたり、悪くすることがあると思います。このときの信頼関係は今でも続いています。
梅林先生はそのときまだ28歳、佐賀医大から９月に市民病院に移ってこられたところでした。
研修医が多い脳神経外科は修業するのに大変役立つ病院だということです。
今でも言うのですが、「先生、ここへ来られて最初の大きい患者でしたか？」すると、｢インパクトありますしねぇ…。強力な患者さんです…」だって。

もう、覚悟を決めて、「まな板の上の魚」になるしかない…。

17日パパと一緒にもう一度脳神経外科の診察室に座りました。

入院は 24日、血管造影検査をして、26日 (木曜日) に手術しましょう…
決定です。

その日、心電図や血液検査などを受けて帰り道、すっかり落ち込んでいるパパは「おなかすいた～～」と言う私と共にパルコの上のフードコートで『石焼ビビンパ』を食べました。
今もあそこを通るたびにあの日のなんだかくらーい食事風景を思い出します。

旅行に行くのも１ヶ月前からトランクに詰め込む人は、入院でさえも、早々と準備し終わりました。

娘が21日には仕事を休ませて貰って急遽帰国してくれました。
このときから、娘が我が家のものすごい「かなめ」になって家中を引っ張ってくれたこと。
うれしいような、でも…この子は私よりすごいかも…と寂しくなったり。

24日入院のときには娘とパパが付き添いました。
個室をお願いしてましたので、部屋に入った途端、娘と私が言った言葉
「わぁ、ピンクのカーテン！！　よかったね～～～！！」

その午後、急遽血管造影検査が始まりました。
もう、完全に本物のまな板の上の鯉（とど？？）状態です。
好きなようにやってくれぃ！！

ずっと娘が付き添ってくれていましたが、検査後６時間はベッドの上で動いては駄目です。
トイレにも行けません。
オマルを借りてきてしなくちゃいけないけれど、慣れてないので、そんなことできません！！
娘は「シー来い来い」って言ってあげる。とか、「水の音聞くと出るかも…」と言っ

て、蛇口からチョロチョロ水を出したりします。
そこには、こんなことでもおかしくて笑い転げる楽天的な親子がいました。
でも、そんなふうに娘に看護されることは、まだまだ先だと思っていましたが、こんなに早くその日が来ちゃったのね…。なんだか、悲しいようなうれしいような、実に複雑な心境でした。

６時間の拘束が取れて、（重い砂袋を太ももの血管の造影剤注射の跡に乗せて、出血しないようにして６時間、ようやく砂袋を外してくれました。）
夜も遅くなったので、「もう、帰っていいよ」と言うことで、娘を送ってエレベーターに乗り、出口まで送っていったときに、「あー、タバコ吸いたい…」と言って娘と一緒に１本くわえました。

その途端、気持ちが悪くなって、吐きそうになり、這うように病室に戻ろうとして、エレベーターホールで目の前がグルグル回りだし、くずれるように倒れてしまいました。
一緒にいた娘は大声で叫んで、誰かがナースステーションに連絡してくれて、車椅子を持って看護師さんがとんで来てくれました…。

病室に運ばれて「突然、気持ちが悪くなったんです…」

優しい優しい看護師さん、ごめんなさい！！！
これは今まで娘と私の秘密にしていたことですが、何と言っても「セキララ」…。
梅林先生、看護師さん、ごめんなさい！！

話によると、手術前夜である明日の夜には、私は完全にマルハゲになるそうです…。

病気宣告Ⅴ

この市民病院には立派な看護学校があって、大勢の看護学生が勉強しています。私の入院生活にはたまたま看護学生の実習期間に当たり、一人の看護学生が私の担当になりました。
「明日香ちゃん」…可愛くて、でもキリリとした、しっかりした女の子です。
看護学生さん達は普通の看護師さんとはちょっと違ってたしか、薄いブルーの縞柄だったと思います。
なんだか、まだ制服、制帽が着慣れてないですが、さわやかな印象でした。
とにかく、朝から夕方まで、にこにこして部屋に入ってくるときは必ず血圧計を抱えてやって来て熱と血圧を測ります。
一日 20 回くらい計られました。気がつけば、血圧、です。
でも私が彼女の看護師さんになることのお役にたてるなら…喜んで腕を提供しますよ！！

それ以外にもシーツ交換、タオルで体をふいてくれたり、食事を運んでくれたり、髪の毛洗ってくれたり、いわゆるきっつい３Kと言われる職場ですが、頑張ってね！！
夕方にはその日のレポート書いて、「じゃ、また明日！！」と言って帰るまで、本物のコマネズミ状態でしたね。
今も脳神経外科で、今年「もう後輩に仕事を教えています」と書かれた年賀状をいただきました。
本物の一人前になりはったんや〜〜〜！！

入院生活、朝早いうちに最初に部屋にやってくるのは主治医の梅林先生です。
「豊田さーーん、おはよーございまーす！！」
ニコニコと元気な明るい声と共にやってきて、いろんなことを話します。
病気のこと、手術の話、はもちろん、彼女のこと（当時、彼は 28 歳『花の独身』でした)、子供時代のこと、御両親のこと、お酒のこと、車のこと、そして、私の家族のこと、趣味のこと…
そして、「じゃぁ、今日も頑張りましょーーーーーーーー！！」とニコニコして出て行きます。

そこへ次は明日香ちゃんが血圧計を抱えてやってきます。
彼女ともいっぱいいろんな話をしました。
抱いてる夢のこと、彼のこと（写真も見せてくれました)、朝から帰るまでとにかく気がつけば彼女が側にいました。
手術のときも手術室でマスクをした目のきりりとした看護師さんがいたなぁ…と思ったら、彼女だったようです。彼女も生まれて初めて大きな手術に立ち会ったそうです。
失神せずに頑張ったらしいです。

入院中、朝食に出るパンをちぎって窓の外の鳩の夫婦にやるのが朝の日課になりましたが、そこへやって来る意地悪な鳩（三角関係？）をやっつけたくて、パンを投げつけて遊んだりしてると彼女もやってきて一緒に遊びました。
今も市民病院のあたりを通るとき、あの鳩夫婦はどうしてるかな？と思い出します。

でも市民病院の看護師さん達はどの人もよく働くし、綺麗し（これは有名らしいです)、可愛いし、笑顔が素敵だし、本当に白衣の天使ちゃん達だと思いましたよ。
なにげない笑顔で次々と仕事をこなしてる姿は気高いなぁ…。
感動していました。

毎朝部屋の掃除に来てくれる２人のおばちゃんとも仲良くなりました。
今でも市民病院で出会うと「どうですか～～？　元気してはりますか～～」と声をかけてくれます。

脳神経外科と同じ５階のフロアにはなんと産科があって、私はお散歩と称して、毎日 BABY ROOM のガラス窓の中の赤ちゃん達に会いに行きました。
この世についさっき生まれ出て一生懸命頑張ってる赤ちゃん、ギャーギャー泣いてる子、すやすや眠ってる子、ぐずってる子、どの子も幸せで健康な人生でありますように…。
ここには「ベビちゃん見に行こうか？」と娘を連れて行きました。
すると、「ママ、孫欲しい？？」
息子とも行きました。新生児を見るのは生まれて初めてなのです。
「わぁ、小さいなぁ！　小さい手やなぁ…」
それぞれ当時 23 歳の女の子、そして 19 歳の男の子、新生児を見るのにそれなりに感じる方、感じるものがあったようです。

病院と言う所は生と死が本当に隣り合わせの場所だと実感しました。

…一度お見舞いの人に「産みはったんですか？」と質問されて、苦笑…。
高齢出産した人みたいに見えましたかしら…

朝起きてすぐ、新聞を買いに１階に降りますと、売店の辺りに大勢の男の人がボンヤリ座っていたり、タバコを吸っていたりされてるのに出くわします。
パパと同じくらいの年齢の働き盛りの男性が、病気や事故で入院されてて、仕事のことや家のこと、いろいろ気がかりなことを抱えてはるやろなぁ…。
憂鬱そうな顔つきに、「とにかく体が資本、早く治って現場復帰してくださいね…」と心から思いました。

入院２日目は午後から MRI 検査でした。
CT 検査も狭い中に入らなくてはなりませんが、この MRI 検査は、本当に嫌でした。
今でも嫌です。
頭をベルトで固定して細い所に入れられて、30 分近くまるで道路工事の中に突っ込まれるような騒音。

ドッドッドッド…キュイーンキュイーン…バーンバーン…

「何かあったらこれを押してください」とベルのようなものを渡されるんですが、じっとひたすら我慢我慢…だって、押したら最後、もう一度最初からやり直しだって…。

途中で静脈注射をして、また同じ音の洪水に飛びこまさせられます。
梅林先生に「辛いです〜〜」と言ったら
「先に寝てしまえばいいですよーー」とつれない返事。
わたし、見かけほどそんなに強くないもん！！
この検査はとにかく終わればヘトヘトになります。

MRI 検査から帰ってから部屋の人の出入りが激しくなってきました。
主治医は梅林先生ですが、手術の執刀医は院長先生である寶子丸先生。（ほうしまる　せんせい）
初めて御尊顔を拝見。
ひたすらひたすら「どうぞよろしくお願いいたします」
他にも手術に立ち会う麻酔医が３人、いろいろ計ったり、質問したり。
次々と看護師さんが注射持ってやってきます。

なんだか、大きなイベントのよう！！

ワクワクワクワクク…

夕方には先生からの詳しい手術の説明があるそうです…。

そして、いよいよ髪の毛を切って丸坊主にするそうです…。
８月に髪の毛染めて間もないなぁ、もったいなかったなぁ…。
アホですね。

手術の為に丸坊主になることよりも、髪の毛染めたのを切られるから、もったいないなんて思うのは。
完全にアホです！！

午後からお見舞いの友達も来てくれました。
冗談で「完全にまな板の上の鯉よ…」と笑ってましたが、やはり、少しずつ近づいてくる何かの怖さに私の心は小さく震えだしてきました。

病気宣告Ⅵ

これは
友達が持ってきてくれたナイトキャップ。
童話に出てくるおばあさんが
夜寝るときにかぶってる帽子、ナイトキャップ。
赤頭巾ちゃんのおばあさんがかぶっていて、
それを狼がかぶって大きな耳をかくしたナイトキャップ。

丸坊主にしてからはこれと大き目のバンダナが
手放せなくなりました。
わたし、可愛いおばあさんに見えたかしら？？？

入院したのは個室だったので、ずいぶん気持ちが楽でした。お見舞い客に来てくださった人も、ほとんど私の友達らしく「華やか」で「賑やかめ」なので、ずいぶん笑い転げても良かったし、家族も毎日いろんなオカズを作ってやってきましたし、このときとばかりあれが食べたい、これを買ってきて！とワガママ言って持ってきてもらいましたし、ラジカセを持ち込んでパパの放送も聞くことができましたし、私の好きなCDを聞いて心を静めることができました。

…前からイタリアの盲目のテノール歌手アンドレア・ボチェッリの歌が大好きで、絵を描いたりするときはずっと聞いてました。
手術が終わってしばらくして、
朝早く目が覚めたときに、
その人のCDを聞いたときに、
私は号泣しました。
「これで本当に生還できた…。
またこのCDを聞くことができた…。

そして、何より個室が良かったのは、
毎晩8時過ぎぐらいにパパがどこかで買った夕食をぶら下げて、私の側で遅い夕食を食べることができたことです。
病院の驚くほど早い夕食、私も、もうその頃にはお腹がすき始めています。
私はお箸を取り出してパパのおこぼれをいただくのが日課でした。
あの頃は、優しかったなぁ………。

頭の手術は何を食べてもいいのが良かったです。
お見舞いも、もちろん私好みの甘いもの！！
ちょっと息抜き話でした…。

病気宣告Ⅶ

私の病気宣告、闘病記を読み続けてくださっている皆様ありがとうございます。
もっと、大変な病気や事故などで今も苦しい毎日を過ごされている方々も大勢いらっしゃると思います。
比べて私は完治した、というわけではなくて、今では一年に一度ですが、大嫌いなMRI検査を受けて再発していないかどうかは調べてはいます。

ただ、このようなことはいつどこで、誰に起こるか、わかりません。
もしかのときにこの闘病記を心に留めて置いていただきましたら、と思っておりますが、もちろん誰にもそのようなことはないように、と願っております。

手術前日の午後、パパが一晩付き添ってくれる為に家にあったボンボンベッドを持参してやってきました。
2人で早目の夕食を食べ終わった頃、
「豊田さーん、処置室にいらしてくださーい」との声。
「来た…。髪の毛や…」

処置室には新聞紙が敷かれ、その真ん中に椅子が置かれていました。無機質な部屋です。
鏡も無くて、もちろん注文もつけることなんてできません。

まるで、アウシュビッツか？？　逃げ出したいよ〜〜〜！！

思い切って座るとローブを首に巻かれて
「最初ははさみで切りますね」
「この前染めに行ったんです…」（…この場に及んでまだ言ってる）
…
…
…
「ここからはバリカン使いますから、痛かったら言って下さいね」

昔息子が3歳の頃、それまでは私がはさみでカットしてましたが、あまりに汗かきなので、いっそ短く、と思って理髪店に連れて行き、バリカンで切ってもらったことがあります。
帰り道我が子のまるで「マルコメ味噌」のCMの男の子のような姿に思わず笑ってしまって、その声に反応して自分の頭をショウウィンドウに写してえらく息子は、えらくゆがんだ顔をしてました…

…
…
…
このような笑い話をしながら、自分の足元にたまっていく髪の毛をじっと眺めてました。
…
…
そこへ明るい声で梅林先生がやってきて
「わぁ、豊田さん、似合いますよ！！」
「可愛い、可愛い！！」

ふん、他人事だと思って…

処置室には看護師さん達も行き来します。
「似合ってはるよ～～」
「…そうですか…」
…
…
…
切り終わって手鏡を見せてもらった私は、その中に泣き笑いしている丸坊主のスッピンオバちゃんを見ました。

梅林先生は、最後に私の頭のてっぺんに黒いマーカーで手術のメスを入れる線を書き込みました。その線は、鏡には映らない部分でしたが、意識の中では頭のどの辺りかはわかりました。

病室に帰ってパパの一言
「可愛いよ！」
普段全くお上手言えない人が…

もうこの頭になってしまったら完全に逃げられません。

友達がくれた「ナイトキャップ」(病気宣告Ⅵに書きました)を被って部屋で座っていました。
髪の毛があるというのは暖かいものですね。こころなしか首筋も、スースーします。
…退院してからも冬に向かってましたので髪の毛が伸びるまでは頭が寒くって、夜寝るときは帽子かぶっていました…

また、ナースステーションからのマイク
「豊田さーん、先生がお話があるので、御主人も御一緒にいらしてくださーい」

いよいよ手術前の説明です。

梅林先生は MRI や CT の画像を見せながら手術の段取りや危険率を話してくれました。

「手術は朝９時から、約６時間と見ています」

「昨日行った血管造影の検査の結果、腫瘍は頭の大静脈にくっついてできてるのが判明しました。手術ではもし、動脈を傷つけたら大出血してしまって非常に危険なので、できるだけ取り除きますが、完全に取り去ることはできないでしょう。
だから、それが再発することも今後考えられます。その確率は 20%です。
取り除いた腫瘍はすぐに良性か悪性かは検査に出してお知らせします」

他にも○○の危険性は○○%等と詳しく説明をしてくださいましたが、私にはほとんど聞こえていませんでした。

危険率…

悪性…
大出血…

それまで生来の楽天家、御陽気体質、大きな笑い声…の私は、13日の宣告以来、絶対に泣くものか…と家でも入院してからも今まで以上にはしゃいで暮してきましたが、このとき、本当に背中が寒くなって知らぬ間に涙がこぼれました。

「こわい！！」
「でも、もう逃げられない！！」
「逃亡したいなぁ…」

沈みこんだパパと部屋に戻って、パパが部屋から電話をかけるために出て行ったときに、私はノートを取り出して「遺言」なるものを書きました。

パパへ
娘へ
息子へ
母へ

４枚のこれらが手術を終えて、私によって破り捨てられることを心から願いました。

明日はいよいよ手術です。
今晩12時まで水分をとってもいいそうです。…のどはカラカラ、唇も乾きそうです…。

病気宣告Ⅷ

今日はいよいよ手術の日。
昨夜はやっぱり眠れなかった。
パパの寝るボンボンベッドがギシギシ鳴る音や、下の国道1号線を夜中も走る車の音や、ナースステーションから病室へ動く看護師さんのかすかな音や、いろんな音が気になった。

朝、浴衣に着替え、前もって言われたようにイソジンでうがい、鼻の中も薄めたイソジンを綿棒につけて消毒した。

８：45　看護師さんが迎えに来た。
病室のベッドに横たわったまま移動。パパ、母、娘、息子と共に手術室へ向かう。
通りかかる大勢の看護師さん達の「頑張ってね！」の声に見送られた。

エレベーターで手術室フロアーの３階へ行く。
ところが、エレベーターがなかなか来ないし、ようやく来ても、もう定員オーバーなので乗れない。しばらく皆ぼんやり…。口を開く者はいない。…間がもたない…。

手術室の前で皆とお別れ。
娘はシュンシュン泣いているし、母も涙声で「がんばって…」最後は声にならない。
息子も「頑張れよ！」
パパは手を握ってくれた。

「行ってきまーす」

ウルウルは掛けられたタオルケットで隠して…

後ろで扉が音もなく閉まった。

手術室なんて初めて！！（この辺でちょっとワクワク…）
痛くて苦しくて入っていくのではないので、病室のベッドのまま、天井向いてはいるが、好奇心いっぱい！！
看護師さんの動かすスピードが滅茶苦茶速い！！　エレベーターを待つことで時間をさいたようだ。
そっと首を左右に動かして見回すと両側に手術室がいっぱいある。
カクカクと何度も曲がって、どうも奥の方にある手術室に向かっているらしい。

天井も走って見える。何度も蛍光灯の下を通って行った。

奥の手術室に着いた。
なんだかものものしい雰囲気の漂う部屋だ。
白とステンレス、無機質な部屋の中に、白いムートンが敷かれた黒い手術台がある。
そこへ病室から乗ってきたベッドから自分の力で移った。

「この患者さん、背が高いから、ムートンこれではちょっと短いかなぁ…」

フワフワしたムートンの上に横たわった。
知らぬ間に、目だけマスクから出ている梅林先生が横に来てて、「豊田さん、頑張りましょう！！！」
もう一人、目がキリリとした看護師さんが横についている…これは後で明日香ちゃんだとわかった。

手首に点滴の注射が差し込まれた。
鼻と口を覆うマスクが麻酔なのか…ちょっと顔を左右に振って…

別の世界に行ってしまった…

「豊田さーーーん、この人誰？」
この声で、意識が戻った。
片目ずつ眩しそうに開けた私の目に飛び込んできたのはベッドの傍らに立つ娘の姿。

「…マナ姫様…」
「…？？？…じゃぁ、この人は？」
「…ナオ王子様…」

看護師さんは「マナ姫様」と聞いたときに
「えーーーっ、何言ってんの？？？姫様？？…おかしくなった？？？
…あーーー、冗談言えてる？？」

ナオ王子様で早速の冗談に驚きはしたものの、納得したようです。

「お名前は？」
「生年月日は？」

「100 引く 7 は？」
…93…
「それ引く 7 は？」
…86 ？…
「それ引く 7 は？」
…（う〜〜〜ん、算数苦手なんだから〜〜〜）…

周りを囲んでいる家族もそのうちクスクス笑い…

…（ここで間違ったら、手術失敗って思われる？？　どうしよう…間違えられへんやんか…）

子供達も壁際で指折りながら首かしげてる。
私の場合、普通の状態でも、こんな質問に即答できるか！！

100 引く問題は、その辺りで終わりました。
…ホッ…どんどん続いたらどうしよう、とあせりました…。

看護師さんは安心したように血圧や熱を測って部屋から出て行きました。

ドラマなどでは手術後は ICU の部屋にいて、頭大きな包帯でグルグル覆って、寝ている患者に家族が呼びかける…というのを見ましたが、ずいぶん違いましたね。
（あれから、ドラマで同じような場面を見ると「こんなんと、ちゃうちゃう！！」と言ってしまいます）

私の頭には傷口を覆うだけの約 20cm 四方のガーゼが乗っかってテープで止めているだけ。
そこから中の血を抜くチューブ（ドレーン）が出てるだけ。
なんだか、私らしい、オチャラけたスタイル！！　中国の昔の辮髪みたい…。

でも、病室の皆は笑顔です。

きっと、腫瘍は良性で、手術は成功したんです。
頭皮にメスを入れ、頭骸骨を一部外して、中の腫瘍を取り除いて、ゴアテックスを硬膜の代わりにのせて（これが以前ヤコブ病原因となった硬膜の代わりだそうです。ゴアテックスって、コートなどに使われてるアレです）そして、また骨をのせて、頭皮を縫って…ガーゼをのっけて…
…大体そんな手術です。

ただ、部屋に帰ってきたときにパパが「えっ」と思ったのは、両コメカミから流れる血だったそうです。これは頭が動かないように手術中両側からネジのような物で留めていた跡だそうです。
これが、手術後も痛くて痛くて、退院してもこの痛みが取れませんでした。
…大暴れしそうだから、思いっきり留めはったんかなぁ…

まあ、こんな風に手術は無事終わりました。
延々と読んでいただいて、何かと御心配かけましたが、最大の山場は終了です。

ただ、この後が…

病気宣告最終章

ずいぶん長い間、長い文章にお付き合いいただいたこの「病気宣告」も今回で最終章を迎えたいと思います。
だいたい、
「病気のことを毎日毎日何だよぅ…暗い話やなぁ」
「僕だって（私だって）もっと大変な病気になったよ！！」
とか、
「今も闘ってるし、苦しんでるよ！！」
と思われる方もいらっしゃることと思います。

ただ、傍から見て、ノー天気に、お気楽に、何も心配事などないように見える私にさえも、このようなことがあって、悩んだり、苦しんだり、涙を流したりしたこともあったのだということ…、そして、今でもこれ以外のいろんなことで凹むこともあるのだということを「セキララ」ということを題名に出してるが故に、本当のところも知っていただきたいなぁ…と思って、書き始めました。

人は傍から見ただけではわからないものです。
私など一見して、プラス先入観で「派手な人！」というイメージが小さい頃から、何故かずーーーーっとつきまとっているのでもう慣れてはいますが、それでも「本当はちがうねん…！」と喚きたくなるときもあります。
だから、「見た目だけで人を判断してはいけない」といつも自戒しています。

それと、人生はプラスマイナスゼロであると思います。
絶対に良いことばかりではありません。良さそうに見えても、人に言えないとっても悲しいことや苦しいことが必ずあります。今、そうでなくても、長いスパンで見たら、どこかで必ずあります。そのときに「プラマイゼロ！」と私はつぶやきます。
良いことばっかりの人生もないかわりに、絶対に悪いことばっかりの人生もない！！

今、こうして、**「生かされてる」**私は、相変わらずこれからも、いろんなことを抱えながら、お気楽ミセス風に毎日を楽しもう！　という心がけで暮らしたいなぁ…と思っています。

私の病気は「脳腫瘍」の中の**「髄膜腫」**でありました。
これは
脳を包む膜（髄膜）から発生し、脳を圧迫しながら年の単位でゆっくり大きくなる。
良性腫瘍。脳の中に入り込んでいくことは通常はない。
良性腫瘍の中では、もっとも多く全腫瘍の３割を占めている。
女性に多く、中年以降の比較的高齢の方！！ に多い…
けいれん発作を起こしやすく、腫瘍を摘出した後にもけいれんを起こす可能性もある。
腫瘍の形が脳内にそのまま残る…
症状としては、頭痛、吐き気、けいれん…

2002年9月26日㈭ 手術の結果によっては、パパは翌日、27日の金曜日、「コガナナ」の放送が果たしてできるだろうか、もし何かあったら生番組なだけに、「それなりのことを考えておかないといけない…」と思ったそうです。

手術後、病室には先生や看護師さんが血圧や熱、点滴の具合などの為に頻繁に出入りしてました。手術後は、枕はしては駄目でタオルを折って敷いただけです。
どこが痛いのかわからないほど、首から上が痛くって、許す限りの痛み止めの「ボルタレン」錠を何度か貰っていました。傷口はもちろん、両こめかみ、耳の奥、のどの奥…。

どこが痛いかわからんけど、**とにかく痛い！！**
手術を受ける前は、年に２度位の夜中の頭痛以外は、どこも痛くなかったのに…。

手術したことは良かったかもしれないけれど、
この痛みはなんだ〜〜〜〜！！
２日ほどは
「氷の入ったバケツに頭を突っ込みたい！！！」
と思うほどの痛さで眠れませんでした。
トロトロッと眠ってるような気がしますが、でもしょっちゅう痛さに目が覚めます。アイスノンは太ももの間、脇の下、にしか入れてくれません。
一番ポピュラーな額には駄目だそうです。
看護師さんは夜中もこの辺りへのアイスノンの交換は頻繁にしてくれました。
「氷の入ったバケツに頭突っ込みたいよぅ！！」看護師さんに訴えましたが、もちろん聞き入れられません…。普段、**痛みには強い！**と自負している私ですが、このときはさすがに参りました。

梅林先生は木曜の手術から３日ほど、ずっと泊り込んでくださったようです。
朝早くの元気な声に振り向くと、ひげがボウッと生えて、髪の毛もクシャクシャになった先生がニコニコ顔で立ってました。もし、何かあったらすぐに駆けつけてくださる…、安心でした。

それでも日々少しずつですが、回復してきました。
手術後は毎朝明日香ちゃんがアツアツの蒸しタオルを 10 本ほど持ってやってきます。
全身を看護学校で習ったとおりに拭きあげてくれます。
顔は自分で、背中、両手、両足、そしてお尻辺り…。

綺麗になって、一日何もすることはありません。
友達も様子をみてお見舞いに次々来てくれました。
みんな部屋の入り口で一瞬足が止まります。
普段飛び跳ねてる私がベッドに横たわっている姿に驚き、その頭の手術跡に驚き、でも私の中身は以前と同じなので驚き、病室には賑やかな笑い声が響き渡るんですが…。

私のポリシーとして、「痛いとか、苦しいとかを見せない」というのがあります。
単に自己顕示欲とか、プライドの問題とかかもしれませんが、それを見せることによって皆の気持ちが滅入るのを見るのが嫌なんです。
顔で笑って、心で泣いて…。家族は別ですが、他の人とはなるべく一緒にいて心穏やかに過ごしたい…。

ある日「もも(その頃飼ってたネコ)の様子がおかしい」と家族が言い出して、「どうも、ママがいないのが寂しいらしくて、一日中あちこちでゲロゲロしてるし、元気がない…」
そこで先生に頼んで駐車場までももを籠に入れて連れてきて面会させてもらいました。
駐車場のベンチに座って、ももを籠の外から指を入れてなでてやったり、声をかけてやったり…。
…その日から、ももは元気になったそうです。

「ペットロス」というのはありますが、「ママロス」状態になるんですね。

手術から１週間後、「半抜糸」していただきました。
チクッチクッと糸を抜かれるのを実感しましたが、「このスキマからばい菌はいりませんか〜〜〜？」と梅林先生に聞くと、「今日からシャンプーしてもいいですよ。あまりゴシゴシ洗ったら駄目ですけどね」

えーーーー！！　誰がゴシゴシなんて洗えますかいな。恐ろしいことをおっしゃる…。

手術後最初のシャワーでは、そうっとそうっと頭を洗いました。手術のときのこびりついた血が流れました。

半抜糸の日の午後、娘は仕事があるので、アメリカに戻りました。ただ、ものすごいぎっくり腰になって座ることもできず、関空までパパの運転する車の助手席を倒して寝そべって帰ったそうです。まるで病人みたいです。
飛行機の中は地獄やったと帰国後電話がありました。でも､娘には本当に感謝、感謝です。

５日には全抜糸、もう傷口だけがむき出しです。

病室に戻ったら友達が２人お見舞いに来てくれていました。その前に頭を突き出して「見て見て！！」
さすがに「ひゃーーーー！！」
でも、女は強いです。じっくり観察してはりました。
でも、ショックを与えてしまいました。
でも、その傷本人である私には見えないんです。
なんせ、頭のてっぺん、合わせ鏡を使っても、どうもはっきり見えない。
そこで、パパに頼んでカメラで写してもらいました。
まず正面、…まるで逮捕された囚人のように真正面向いて一枚。それから、お

辞儀状態にして
「パパ、これも撮って！！」
「！！変な人やなぁ…カシャッ」

現像して持ってきた写真を見て「ふぅーーーん、こんなんかぁ…」頭のてっぺんにカタカナのコの字に大きな傷があるのがようやくわかりました。
…これを現像してくれた膳所駅前の写真屋のお兄ちゃん、きっとびっくりしはったやろうなぁ…

でもさすがにそのままでは病室から出ることはできません。ナイトキャップとバンダナを使い分けてそれなりにお洒落して過ごしました。

退院は 12 日㈯に決まりました。
ベテランの看護師さんが
「豊田さん、もうマニュキュアもお化粧もしていいですよ」と優しく言ってくれました。
入院したときに「手術のときには爪の色とかも見るので、手も足も落としてください」と、除光液を差し出された爪、18 才から出産時以外はずっと塗ってた爪に、もう一度丁寧にマニュキュアしました。でも、お化粧は止めました。
「お化粧は退院のときにバシバシにすることにします！」
お化粧は「私の退院への自分からのはなむけ」にしたい、と思いました。

退院の前日「この市民病院の９階に大きくて綺麗な浴場があるのでそれに入っていいですよ」ということで、予約をして（入浴していることがナースステーションに判る為）喜んで温泉にでも行くようにスキップして浴場に向かいました。
大津の町、琵琶湖が見渡せる旅館のガラス張りの大浴場のようなお風呂。
空は抜けるような青空、大変良い天気の午前中。
私以外誰も入っていません。
なみなみ、こんこんとお湯があふれそうな大きな浴槽に肩まで入って私は「極楽極楽！！」つぶやいてしまいました。
そして生きて帰ることができる大きな喜びに思わず涙があふれ、それを止めることができませんでした。ザブザブ顔を洗いました。
この大浴場、今はもうないそうです。
退院する人には何よりのお土産になるのにねぇ…。

退院に際して、寶子丸先生、梅林先生、看護師さん達、にそれぞれお手紙を書きました。
心からの感謝の言葉。

それを持って寶子丸先生に渡したとき、
「先生、これからはのんびり、ゆっくり暮した方がいいですか？」
「いえいえ、一生懸命生きてくださいよ」

一生懸命生きてください…

生まれてからいろんなことがあって、それを乗り越え乗り越えそれなりに生きてきたけど、「一生懸命生きてください！」
この激励の言葉は、きっと何か起こったときには必ず耳の奥の方から聞こえてくる大切な言葉になるだろう…。

この病気が宣告されたときに「何故、この私が！」と思ったわたし。「これはきっと試されているんだ、私の強さを」と思ったわたし。
そして、今、
生かされているわたし。

病気…追記…

10月12日㈯無事退院いたしました。
元気に入った私が、ちゃんと元気なまま退院できました

主治医である梅林先生は、お家でゆっくりお休みの日だったのでしょうか、退院時刻に５階に滑り込むように来て下さいました
先生や看護師さん達とバシバシに化粧した私はＶサインで写真を撮って、皆さんとバイバイ。
いっぱい飲み薬を抱えての退院です。
「ボルタレン」（痛み止め）
「エクセグラン」（痙攣、手の震えや筋肉の硬直などを改善する薬）
この薬を飲むと運転ができないということで、本当に困りました。１時間に２本しかバスがこないところに住んで、運転ができないのは孤島状態です。

家に３週間ぶりに帰宅してぼうっとしていると、パパが赤いバラの花束を持って帰ってきました。
「退院おめでとう。それにしても、強い人やね。一度も泣き言言わなかった…」
…いえいえ、隠れて泣いてました…
「こちらこそ、心配させて、ごめんね…わーーーーん」
後は水溜りができるほどの涙。

この入院の間、大勢の友達が協力してくれました。
病院や家におでんやカレー、サラダなどを作って届けてくれたり、雨の中、芦屋や大阪から何度もお見舞いに来てくれたり、手術の間も、心配して待っててくれました。
手術前もいろいろ心遣いしてくれて、手術後も息子さんが作ってくれた心地よい音楽 MD を持参くださったり、退院後も買い物に行ってくれたり、運転禁

止の私を車に乗せてつきあってくれたり、一人っ子の私には、みんなの優しさが身にしみて感じた日々です。

みんなに感謝、ありがとう！

髪の毛は完全丸坊主状態から、１mm の単位で伸びてきました。
この髪の毛が今までにない「しっかりした毛」なので驚きました。
もう、このまま伸びたらボーボーとすごいことになりそうな…。
「赤ちゃんの髪を一度剃るとしっかりした毛が生えてくる」というのは、たぶん本当ですよ！
「大人でも寂しくなってきたら、思い切って剃ってみたら？？」とアドバイスするのですが､皆さん「気持ちはあるけど､勇気がない」とおっしゃいます。
誰か勇気のある方、挑戦してみてください。

ヘアスタイルに「ベリーショート」という超短髪があります。
してみたいなぁ…とは思っていましたが、なかなか勇気がなかった私は、このベリーショートを経験することができました。
が、…これは**冬は駄目**です。めっちゃ寒い
この手術の為に帽子やカツラ、を買い込みましたが、夜、就寝用の帽子も必要でした。

それと変な話ですが、トイレに入って用を足すときに、この短い毛はブワッと立つんです。
コロッケさんがカツラを前後に動かすように、髪の毛が前後に動くんです。
これは両手で毎回頭を押さえてしっかり実感しました。

それと私の頭の中には腫瘍の取り除いた後、空洞ができてます。
それがシャワーを頭から浴びると中でこだまするんです。
シャワーすると、まるで、テントの中で寝てて、そこに雨が降ってきたときみたいな音が「バリバリバリ…」とするんです。

とっても不思議な音がするので、考えたらこの空洞に響いてこだましてるんです。
これは３ヶ月くらい楽しみました。

それとしばらくはとっても敏感になりました。
ショックだったのはこの私が「甘い匂い」が駄目になって、洋菓子売り場を歩くことができなくなりました。洋菓子がしばらく食べられず、「これでやせることができる〜〜〜！！」と思ったのは１ヶ月くらいだけでした…。…残念です。
スーパーもお肉やお魚売り場が近づくと、気持ち悪くなりました。

でも、一番苦しんだのは「音」です。
電子音、炊飯器の最初の立ち上がる音…とってもかすかにジーーーーって鳴ってます。
電話の向こうを呼び出してるときのかすかな音…受話器を耳からかなり離して待ってました。
とにかく機械を通した音が辛くって、耳を塞いで過ごしました。

２週間経って MRI 検査を受けたんですが、それは拷問でした。
それでなくてもあの音はきついのに、この状態での MRI 検査は今思い出しても、それはそれは、一番きつかったです。

でも、人間ってたいしたもんです
「ひにち薬」、「薄紙をはがすように治る」というのは的を得ています。
本当に少しずつ、少しずつ、病気前の私に戻ることができました。

笑い話があるんですが、パパとスーパーにお買い物に行って、
私は手押しのカートを置いて商品を見に行って、元の場に
戻ってから、別のカートを押して歩き出したそうです。
それを見たときにパパはビックリ仰天！　目がテン

「もしかしたら、おかしくなった〜〜〜！！」と心臓バクバクした、
と言ってました。
単に間違っただけなのに…。よくあることなのに…。
時が時なだけに、心配したんでしょうね。

でも、もちろん家族皆に改めて「ありがとう」「心配おかけしました」を
心のそこから言いたいです。

山あり谷あり

生きてるといろんなことが起こります。
山あり谷あり。
いっぺんに山が三つ位襲ってくるときもあります。
谷底向かって落ちて行きそうな辛い日もあるでしょう。

全く何も動かない凪のような穏やかな日々もあります。
でも、油断してると、ドッカーーンと大きな波が押し寄せてきて、足元すくわれるようなこともあります。

でも、そのときそのときには大きいと思っていた波が、今考えると「あんなもんは、小さかった…」と思えるときもあります。

昔、子供が小さかった頃、
PTAの仕事で死にそうなほど忙しくしてたときに、実家の父が病気、入院、手術。
離れて住む母は私だけが頼り。
家から2時間近くかかる実家…。

まだ、低学年の子供達。
そんなときに「どうしよう…」「何から手をつければいいか…」と悩んでいたときに
友人が一言言ってくれた言葉が
「豊田さん、大丈夫！　これは神様が『**貴方ならできる**』と試されてるのよ。ジタバタせずに落ち着いて一つずつ頑張ればいいよ」
そう言ってくれました。

別に宗教的な意味ではなくて、「空の上から神様が私のこれからを試してはるんや…、貴方ならちゃんとできることを見てますよ」と言ってはる。
それからは何が起こってもそう思うことにしました。

神様、頑張ってる私を見てててください！
ジタバタせずに私がどう動き、どう次々と様々なことを処理して行くか、何か起こるたびに、その都度その都度、試されてることを感じました。

そして、それからは、時々空に向かって問いかけるんです。
「私、頑張ってますか？　試してはることは合格ですか？」

ブログを拝見していると、皆さんがいろんなことに毎日悩んでいらっしゃるのがうかがえます。
子供のこと、親のこと、仕事のこと、恋愛のこと、友人との付き合い、病気…
きっと後で考えるとさほどのことではなくても、その渦中にいると、とんでもなくしんどいこともあるでしょうし、これがいつまで続くのかと不安になることもあるでしょう。

でも、貴方ならできる！　貴方なら頑張れる！！

貴方にもきっと空の上から
微笑んで応援してくれてる神様がいらっしゃる

と思います。

どこかで頑張ってる私もいることを感じて
貴方も頑張っていてくださいね。

お互い、頑張って試されていることを受け入れましょう。
そして、「あのときは大変だったねぇ…」と話せるときがくることを願いましょう。

あとがき

　最後のページまで読んでいただきまして、ありがとうございました。
　この本を出させていただく話は去年の春頃からスタートしておりましたが、その後、様々な津波が押し寄せるような毎日が続き、夏・秋・冬を越して、ついにこの春に完成となりました。1年がかりでようやく私の「夢」が叶いました。

　ブログを始めてから、去年秋頃までの数多くの記事から、日々編集を重ねて重ねて、悩みに悩んで、ここまでに絞り込みました。本当はもっと載せたい記事もいっぱいありましたが、辞書みたいに重くなってしまうので、泣く泣くあきらめて…。
　しかし、編集作業の過程で、もう読み直すことはないだろうと思っていたブログを最初から見直す作業をしていると、その頃の私が、慣れないパソコンに向かって一生懸命キーを叩いている姿を懐かしく思い出しました。
　中には読み辛い文もあるかと思いますが、温かい気持ちで読んでくださるとありがたいです。

　私はこのブログというものを通して、多くの方々と知り合うことができました。今回、本を出すことによって、更に多くの方々とつながりを持ちたいと願っている私です。
　もし、どこかで出会うことがありましたら気楽に「豊ママァ!!」と呼んでください。

これからも皆様とお互いに温かいエールを送りあって暮らしていきたいと思っています。

この本のタイトルでもある「豊ママのセキララお気楽日記」のブログは2008年1月中旬で一応終了しましたが、同年4月1日から「そのまま　豊ママ」という新しいブログタイトルで新しい気持ち満々で再スタートしております。

http://toyomama.e-radio.jp/

ブログ休止中は「豊マナ LA LIFE！！！」というタイトルの娘のブログに、しばらくの間「豊ママ LA　LIFE」としてアメリカでの1ヶ月間の生活を書きつづっていました。お時間があれば訪ねていただければ嬉しいです。

http://mana.e-radio.jp/

この「豊ママのセキララお気楽日記」発行日が私達の33回目の結婚記念日であり、そして私の55歳の素敵な記念となりました。

この本の出版制作にかかわってくださった方々、この本を手に取ってくださった皆様に心からの愛と感謝の気持ちを込めて……

「ありがとうございました」の言葉を申し上げます。

2008年4月

豊ママ

著者プロフィール

豊ママ（とよまま）

1953年（昭和28）4月4日、大阪市生まれ、O型。大阪府堺育ち、茨木経由、滋賀県大津市在住。幼稚園から大学文学部卒業まで一貫して帝塚山学院。好きなものは、鮮やかな綺麗なもの♡　美味しいもの♡　動物とりわけ猫が好き♡　一人でいることも好きですが、大勢の人に会うことも好き♡
趣味は整理整頓・掃除・日本画・読書・ピアノ・書道。
主人は元エフエム滋賀「湖岸通り77番地（コガナナ）」パーソナリティ「豊パパ」。ゆえに「豊ママ」のブログネームをつけました。

■豊ママのセキララお気楽日記
http://nekojarasi.e-radio.jp/
■豊マナ　LA　LIFE！！！
http://mana.e-radio.jp
■そのまま　豊ママ
http://toyomama.e-radio.jp/

豊《とよ》ママのセキララお気楽日記
2008年5月8日　初版第1刷発行

著者　豊田令枝

発行　豊ママ舎

発売　サンライズ出版
〒522-0004　滋賀県彦根市鳥居本町655-1
TEL 0749-22-0627　FAX 0749-23-7720

印刷・製本　P-NET信州

©Norie Toyoda　2008　Printed in Japan
ISBN978-4-88325-362-3
落丁・乱丁本はお取り替えいたします。
定価はカバーに記載されています。